Les tiroirs sont pleins.
Ça déborde !

W0281502

Marie Breillat

Les tiroirs sont pleins.
Ça déborde !

Éditions EDILIVRE APARIS
75008 Paris – 2010

www.edilivre.com

Edilivre Éditions APARIS
56, rue de Londres – 75008 Paris
Tél. : 01 41 62 14 40 – Fax : 01 41 62 14 50 – mail : actualites@edilivre.com

ISBN : 978-2-8121-3653-5
Dépôt légal : Août 2010

A Patrice
A Julien, Renaud et Caroline

A Maryse

A Martine,
qui me manque et qui doit être fière
que j'aie réalisée son rêve

Pour soutenir le défi de notre époque, l'homme doit retrouver le contact avec des émotions dont son éducation l'a éloigné et devenir véritablement lui-même, un individu à nul autre pareil.

Isabelle FILLIOZAT

Ah, elle est chouette l'« ex-sportive de haut niveau ». Ce n'est pas Colette qui le dit, mais le spécialiste en traumatologie orthopédique qui l'écrit dans le compte-rendu de l'arthroscopie de sa hanche droite : « *Diagnostic : synovite villonodulaire* ». Au début, on trouve ça presque joli, voir même poétique, mais quand on connait la traduction, on regrette d'avoir utilisé le décodeur.

Il faut d'abord remettre les choses à leur place. Elle n'a jamais été une sportive de haut niveau. Sportive, oui ! Les seules hautes performances de son palmarès se sont limitées à accompagner sa sœur aux demi-finales du championnat de France de gym à Clermont-Ferrand. On est quand même très loin des J.O. de Pékin. Il n'y a pas de quoi avoir les chevilles qui enflent. Par contre, la hanche oui, c'est possible ! C'est moins classe, et en plus ça fait très mal.

La voilà donc depuis un an avec cette saloperie de maladie que les toubibs ont eu tant de mal à identifier. C'est normal, c'est une maladie rare. Eh oui, elle est l'heureuse gagnante du grand jeu concours « La roue de l'infortune ». Pour une fois qu'elle gagnait un gros lot à un jeu de hasard, elle était toute excitée. Elle se demandait bien ce qu'elle allait faire de tout cet argent. Tout à coup, elle a eu un doute en regardant l'intitulé du jeu : *La Roue de l'Infortune*. Voilà, elle s'était trompée de jour. Le jeu qui rapportait des sous s'était déroulé la veille. Elle aurait dû se méfier. A part Koh-Lanta et Fort Boyard, il n'y a pas beaucoup de jeux où on se fait aussi mal.

Colette avait pourtant bien fait les choses pour être en forme. Avec sa sœur, elle s'était accordée une petite journée sympa dans une thalasso : piscine d'eau de mer à 29 ; hammam ; jacuzzi ; repas au resto du premier étage ; et pour l'après midi, même programme. Elles étaient bien décidées à se reprendre en main et à perdre les kilos qui s'étaient sournoisement accrochés à elles. Seulement, rien n'est gratuit. Dès qu'on se fait du bien, il y a toujours un petit malin pour vous rappeler que le plaisir, ça se paye.

Il y a quelque part quelqu'un à qui cette petite journée de détente n'avait pas dû plaire. Pourtant, Colette était super contente et motivée. En arrivant à la maison, elle assomma Rémi avec toutes ses bonnes résolutions. Son sourire narquois l'avait tout de suite éclairée sur sa façon de penser. Il lui dit : « j'attends de voir le résultat ». Sa réponse confirmait une fois de plus que les hommes ne comprendront jamais rien aux femmes. Ses doutes allaient malheureusement se confirmer.

La soirée s'annonçait calme et détendue. Tout était normal. Mimine la chatte testait toutes les portes de la maison pour vérifier que la nuit était bien tombée partout. Comme d'habitude, elle était désolée de constater qu'elle allait devoir sortir se soulager dans le noir.

Colette montait les escaliers quand les premiers symptômes sont apparus. A chaque marche, elle sentait sa hanche droite se bloquer, mais elle n'y prêta pas attention. Elle se coucha. A peine fut-elle endormie que Mimine s'est mise à gratter à la porte avec insistance. Colette se leva en pestant et en jurant que c'était la dernière fois. La douleur se fit sentir plus insistante. La chatte la regarda avec l'air aussi intelligent que celui de Rantanplan. Une fois de plus, Colette sut que son cas était désespéré.

Au milieu de la nuit les évènements se précipitèrent. La douleur qui irradiait sa hanche était si violente qu'elle ne pouvait plus bouger. Elle ne trouvait aucune position qui aurait pu la soulager. Elle se mit à pleurer. Rémi se réveilla. Il n'a pas tout de suite réalisé l'importance de la situation. Pourtant, il a très vite pris les choses en main.

Il était deux heures du matin. Les pompiers, le SAMU et le médecin de garde n'étaient pas disponibles. La seule solution était de filer aux urgences par leurs propres moyens. La 405 se transforma en Formule 1 ; quant à Rémi, il devint un délinquant de la route. La douleur et la conduite ultra sportive de Rémi ont littéralement liquéfié Colette.

Arrivés aux urgences, Rémi s'est précipité pour la porter hors du véhicule. Deux hommes en blouse blanche les regardaient avec la même expression que Mimine devant sa fenêtre. On lisait en plus dans leurs yeux un tel mépris que Colette ne comprenait pas leur passivité. Il est vrai qu'ils avaient l'air tous les deux pitoyables : Rémi était hirsute, pas rasé, habillé à la va-vite, et Colette ne valait guère mieux. On était loin des clichés hollywoodiens où on voit les héros prêts à partir pour une soirée VIP en sortant de leur lit.

Rémi imagina que ces deux hommes le prenaient pour un de ces maris maltraitants qui, pris de remords, se précipite à l'hôpital pour tenter d'expier sa faute. Ce n'est que lorsqu'il confia son ressenti à Colette qu'elle réalisa le mal qu'une telle suspicion pouvait lui faire. Si elle avait su ce qu'il pensait à ce moment-là, elle l'aurait serré dans ses bras et crié à la terre entière à quel point elle l'aimait. Leur amour, ils le construisent et le cultivent depuis plus de trente ans. C'est du solide. Alors, pas touche, ou Colette mord !

De toute façon, qu'elle que fut la situation, leur rôle était de venir en aide à quiconque en avait besoin (même si c'était l'heure de la pause cigarette). Il a fallu demander de l'aide à ces deux imbéciles pour qu'ils se remuent et donnent un coup de main. Elle avait besoin d'un fauteuil roulant. Quelle drôle d'idée, surtout dans un hôpital ! Pas de fauteuil à l'horizon. Ça commençait bien ! Au détour d'un couloir, un infirmier en trouva enfin un. Elle craignait que Rémi fasse un scandale, mais pour elle qui souffrait tellement, il sut garder son calme.

On installa Colette sur une table dans un petit box étroit, fermé par un simple rideau. Elle insista pour que Rémi reste près d'elle. Sa présence lui était indispensable. Elle avait mal. Elle avait peur et elle ne se sentait pas en sécurité. On ne leur disait rien. On ne les regardait pas. C'est terrible d'avoir l'impression d'être transparent.

Rémi a pris sa main dans la sienne. Le contact de sa peau chaude et familière lui redonna confiance. Avec lui à ses côtés, il ne pouvait plus rien arriver. Elle pouvait tout supporter et tout entendre.

Il est vrai qu'aux urgences, ils en voient de toutes les couleurs. Néanmoins la première règle, quand on travaille dans le secteur médical ou social, c'est le respect de l'individu et l'absence de jugement.

Un simple regard peut être aussi dévastateur que des paroles ou des actes de violence. Juger rassure et donne un sentiment de supériorité et de puissance. C'est pratique.

Par contre, essayer de comprendre est un chemin bien plus compliqué. On prend le risque de ne pas y arriver et de ne pas comprendre. Ça fait peur ; et les gens n'aiment ni avoir peur ni ceux qui ont peur. Pour cette raison, elle avait quitté son emploi d'éducatrice.

*

*   *

Colette travaillait dans un établissement qui accueille de jeunes adolescents légèrement déficients mentaux, mais surtout en très grande souffrance sociale. Elle essayait d'être la plus cohérente possible et d'avoir un comportement adapté. Elle était très vigilante pour que ses actes soient en accord avec ses idées. Le respect de l'autre donnait tout son sens à son travail.

Pour ces jeunes qui n'avaient pas eu de repères dans la vie, ou qui les avaient perdus, il était indispensable que les éducateurs soient les plus honnêtes possible envers eux-mêmes pour être efficaces avec les jeunes. Ce n'est cependant pas si simple, car il faut accepter de se remettre souvent en question. Il faut toujours être conscient que rien n'est jamais acquis et que votre propre histoire peut influencer la perception de celle des autres. Cela demande un gros travail sur soi.

Colette, naïvement, croyait que tous les travailleurs sociaux œuvraient dans le même sens. Elle a vite réalisé à quel point elle se trompait. Le poids de l'institution, l'usure dans la profession et les intérêts personnels sont de véritables dangers. Certaines situations – quelques unes ont été particulièrement difficiles à assumer – l'avaient tellement choquée qu'elle a dû suivre une psychothérapie pour se reconstruire.

*

*   *

Colette travaillait avec un groupe de jeunes filles et garçons de 15 à 18 ans, en internat de semaine. L'un d'eux, Martin, avait 18 ans. Son parcours institutionnel était déjà bien lourd. Il était issu d'une famille monoparentale. Le papa était absent. La maman avait beaucoup de mal à assumer son éducation. Il était en échec scolaire. Elle n'avait aucune autorité sur lui, et se sentait totalement démunie. Depuis l'âge de 11 ans, il était interne et ne rentrait chez sa mère que le week-end.

C'est à la suite de l'un d'eux que Martin fut condamné à trois mois de prison avec sursis, assortis d'une période de mise à l'épreuve de trois ans, pour s'être livré à des attouchements sexuels sur une petite fille de huit ans. L'évènement s'était produit un soir de fête. Martin avait alors 15 ans. Sa mère recevait des amis et leur fille de huit ans. Pour prolonger la soirée entre adultes, ils avaient envoyé les deux enfants se coucher dans le même lit…

Martin n'avait posé aucun problème de ce genre depuis. Sur le groupe, il était assez distant avec les autres jeunes, mais recherchait souvent la présence des adultes avec lesquels il aimait discuter. Un soir, alors que ses camarades regardaient la télé ou jouaient dans la salle vidéo, il est venu voir Colette dans le bureau. Il y avait toujours une ou deux chaises prêtes à accueillir d'éventuels visiteurs.

Martin venait souvent discuter, sans avoir forcément une raison précise. Ils parlaient de tout et de rien, puis il s'en allait. D'autres faisaient la même chose. Ils aimaient ce moment privilégié où ils étaient le seul centre d'intérêt de Colette. Il avait rapproché sa chaise du bureau. Elle sentait qu'il avait quelque chose d'important à lui dire, mais les mots ne sortaient pas. Il se saisit d'un crayon en bois qui trainait sur le bureau et se mit à le grignoter en le faisant tourner. « Je ne savais pas que tu t'étais transformé en taille crayon ! », dit Colette. Ils se sont mis à rire, puis le silence est revenu, lourd et pesant. Soudain, comme on crache un vieux chewing-gum, il a jeté ces mots :

– J'ai rien fait de mal, mais on n'a pas voulu me croire ! Et toi ? Tu me crois ?

– Je ne sais pas de quoi tu parles ?

– Ben… de mon histoire avec la fille !

– Tu veux en parler ?

– Oui, mais juste à toi !

– C'est toi qui décide, mais ne te sens pas obligé de le faire !

Colette ne voulait en aucun cas lui forcer la main. Alors elle attendit. Il se tortillait sur sa chaise. Il ne savait pas par où commencer. Il se leva pour fermer la porte, et revint s'assoir. Elle ne disait rien, mais le regardait en souriant. Le temps lui parut long ; puis il se lança. Colette l'écouta sans l'interrompre, le visage à la fois neutre de toute émotion et intéressée par ce qu'il disait :

– « C'était un vendredi soir. Maman voulait présenter son nouveau mec à sa meilleure copine. Elle est venue avec sa fille Léa, et son mari. Maman avait prévu l'apéro et une tartiflette. En dessert, il y avait de la mousse au chocolat. Au début, c'était sympa. On racontait des blagues. Léa jouait avec ses poupées. Moi, je ne faisais rien. J'écoutais et je buvais du coca. Après l'apéro, les vieux étaient bien allumés. Pendant le repas, on a eu droit aux histoires de « *cul* ». Le copain de ma mère est champion pour ça. J'en avais marre, alors j'ai mangé ma mousse, et je suis allé dans ma chambre. Je m'suis mis au lit pour écouter de la musique. La copine de ma mère est venue mettre Léa dans mon lit. Chaque fois j'y ai droit, comme ça ils peuvent faire la foire jusqu'à 6 heures du matin. Léa était en chemise de nuit. Comme d'habitude, elle voulait qu'on joue. Je la connais depuis qu'elle est bébé. Au début, je m'amusais à lui faire peur. Elle adore ça. Je fais le monstre, elle se cache sous les draps et on rigole bien. C'est comme avec une petite sœur, quoi ! Puis elle a voulu me montrer ce qu'elle faisait à la gym. Elle s'est mise à faire des pirouettes sur le lit. Je lui ai dit d'arrêter parce qu'on voyait ses fesses. Elle a alors fait un nœud avec sa chemise de nuit entre ses jambes pour se cacher. Elle voulait jouer au cheval. J'étais sur le dos. Elle est montée sur moi comme sur un cheval, et s'est mise à sauter. Au début, c'était rigolo ; mais au bout d'un moment, j'ai senti que je…, ma… heu, enfin tu vois ce que je veux dire !!! J'étais super gêné, et j'ai repoussé vite fait Léa. En levant la jambe pour se dégager, le nœud de sa chemise s'est défait. Elle avait encore la jambe en l'air quand sa mère est rentrée pour voir si tout se passait bien. Moi je n'avais pas eu le temps de remonter le drap sur moi. J'ai rien vu venir. Sa mère m'a tapé dessus de toutes ses forces en hurlant que j'étais un salaud, que j'avais violé sa fille et que j'allais le payer cher. Léa s'est mise à pleurer en voyant sa mère dans un tel état. Les cris ont fait rappliquer tout le monde. Ma mère aussi m'a mis une baffe, et son mec s'est défoulé en me balançant un coup de poing. Ça a dû le soulager. Il en avait envie depuis tellement longtemps. J'étais sonné, et je ne me souviens plus comment on est arrivé chez les flics. J'y ai passé le reste de la nuit. Je sais qu'on a emmené Léa à l'hôpital pour des examens. Ma mère est partie sans me dire un mot. J'avais la trouille. J'étais sûr d'avoir fait quelque chose de mal, puisque tout le monde le disait. Quand j'ai su que Léa avait dit que j'avais quelque chose de dur dans mon caleçon, « j'avais la honte », et j'ai rien fait pour me défendre quand on m'a interrogé. J'ai vu le juge pour enfant et tu connais la suite. Voilà, c'est tout. »

Colette était bouleversée, mais elle faisait son possible pour ne rien lui montrer. Il semblait épuisé. Elle savait qu'il lui avait fallu beaucoup de courage pour tout raconter.

– Tu me crois Colette ?

– Oui, je te crois.

– Je sais pas pourquoi, mais à toi je pouvais le dire ! Bon, je suis fatigué, je vais me coucher.

– Bonne nuit Martin.

Colette finissait son service à 23 heures. Pendant tout le trajet jusqu'à son domicile, elle essaya de chasser de son esprit ce qu'elle venait d'entendre. Elle savait qu'une nouvelle nuit blanche l'attendait.

Le dossier de Martin aurait dû rester confidentiel, mais par on ne sait qu'elle indiscrétion, tout l'établissement fut au courant. L'image que Martin renvoyait jusqu'à présent se transforma radicalement. Pour les uns, il était devenu sournois, voyeur et inquiétant. Pour d'autres, il avait un regard de psychopathe.

Au lieu de dédramatiser la situation, certains éducateurs rentraient dans ce jeu pervers. Colette était scandalisée et inquiète, car Martin devenait un bouc émissaire, et surtout il était dérangeant. C'est pratique un bouc émissaire : on lui fait porter tout ce qu'on a de plus mauvais en soi ; et la source des médisances est intarissable. De méfiant, Martin était devenu agressif, parfois violent et surtout inaccessible. Il n'y avait pas de doute, il était bien ce qu'on avait dit de lui ! C'est tout ce qu'il avait trouvé pour se protéger.

Colette était intervenue plusieurs fois auprès du directeur pour trouver un moyen d'aider Martin à sortir de cette spirale qui l'entraînait vers le fond. Martin avait, sans grande motivation, accepté de rencontrer un psychologue.

La vie de l'établissement reprenait son cours avec son lot de problèmes quotidiens. Le saccage de la voiture d'un éducateur par un jeune en colère détourna les conversations. On oubliait un peu Martin qui semblait plus détendu. Il passait beaucoup de temps avec Mélanie, une jeune fille de 15 ans récemment arrivée. L'attirance qu'ils avaient l'un pour l'autre était visible, attirance tout à fait normale pour deux adolescents.

Le bruit se mit à courir qu'ils avaient des rapports sexuels dans un petit bois proche de l'établissement. Avant que la situation ne dégénère, Colette réunit les deux jeunes pour en discuter. C'était délicat, car elle ne voulait pas être intrusive dans leur intimité. Elle avait toutefois un devoir d'information et de protection. La qualité de leurs rapports au quotidien avait largement facilité le dialogue.

Elle les informa des bruits qui couraient. Ils confirmèrent spontanément qu'ils avaient une liaison. Dans un premier temps, la priorité était de savoir qu'elles étaient leurs connaissances en contraception, de la possibilité de se procurer des préservatifs gratuitement à l'infirmerie, du sida, des MST, du respect de l'autre, des risques de grossesse, ainsi que du règlement intérieur qui interdisait toute relation sexuelle dans l'établissement pour tout le monde sans exception (jeunes et adultes). Leurs connaissances étaient finalement bien pauvres et confuses.

Mélanie était d'accord pour voir l'infirmière et faire le point avec elle. Le rendez-vous fut pris pour le lundi matin dès 9 heures. Même Martin était volontaire pour une information plus complète sur la sexualité. Les choses sérieuses étant posées, la discussion s'est orientée sur la tendresse, le couple et l'état amoureux. Colette avait devant elle deux adolescents qui, au moment présent, étaient sûr que leur amour serait éternel.

C'était rassurant, mais elle tenait quand même à s'assurer que Mélanie était totalement consentante, et ne subissait aucune pression de la part de Martin. En tête à tête, Mélanie lui affirma que les choses s'étaient faites naturellement d'un commun accord. Colette demanda s'il n'était pas brutal avec elle ; et ce fut le cri du cœur quand Mélanie lui dit : « Oh, non, au contraire ! ». Il fallait tout de même rester vigilant.

Ils avaient prévu de se voir le week-end et d'en parler à leurs parents. Colette était contente pour Martin. Il allait – semblait-il – pouvoir quitter son enveloppe de pervers sexuel pour vivre enfin une adolescence normale.

Comme tous les jours, Colette notait avec précision dans le cahier de liaison toutes les informations importantes de la journée, afin de faciliter le travail de ses collègues. Ce cahier de liaison permettait ainsi une action éducative cohérente. C'était vendredi soir. L'esprit serein, elle partait pour une semaine de vacances.

Elle était loin d'imaginer ce qui l'attendait à son retour. Comme à chaque reprise de service, elle consulta le cahier de liaison pour lire : « *Mélanie et Martin sont passés en urgence devant le conseil de discipline pour avoir eu des rapports sexuels, pendant les heures de présence dans l'établissement. Ils devront pendant un mois lessiver les bas de murs extérieurs de l'institution, tous les jours de 12 à 13 heures. Cette sanction sera suivie de trois jours d'expulsion. Étant donné les antécédents de Martin, et à la demande des parents de Mélanie, les deux jeunes ne devront plus avoir de contact.* »

Au cours du même conseil de discipline, le jeune d'un autre groupe qui avait dans un moment de colère endommagé la voiture de son éducateur avec une barre de fer, fut contraint de confectionner un gâteau de son choix en guise de dédommagement pour le préjudice commis. L'assurance de l'établissement prendrait en charge, les frais de réparation du véhicule.

Colette avait l'impression de faire un cauchemar. Elle se précipita dans le bureau du directeur. Elle essaya de défendre la cause de Martin et de Mélanie en soulignant l'effet dévastateur d'une telle sanction sur leur perception de l'amour et de la sexualité. Elle demanda quelle était la raison de ces décisions aussi rapides et démesurément arbitraires. Pour toute réponse, le directeur se réfugia derrière le fameux « principe de précaution ». L'institution traversait une période de crise où la violence et l'irrespect restaient trop souvent sans réponses. Il fallait frapper fort pour ne pas créer de précédents. Les déviances sexuelles étant très médiatisées à cette époque, Martin avait même de la chance qu'une plainte pour viol n'ait pas été déposée contre lui.

Colette n'en croyait pas ses oreilles. D'une saine histoire d'amour naissante, on faisait un acte de délinquance. On banalisait par ailleurs la dégradation d'un véhicule commise par vengeance. Colette venait de suivre une formation sur la violence en institution et sur les dangers encourus lorsque l'on veut se substituer à la loi. On était là dans une parodie de justice. Colette était en état de choc. Elle se sentait responsable, tout en sachant qu'elle n'avait rien négligé dans son travail. Si elle n'avait pas informé ses collègues, elle aurait commis une faute professionnelle. Elle était par ailleurs à l'origine de ce désastre, ce qui lui était insupportable.

Colette s'isola dans son bureau pour relire ses notes et vérifier qu'aucun de ses propos ne pouvaient prêter à confusion. Elle savait qu'elle était trop impliquée émotionnellement pour être objective. Il fallait qu'elle prenne du recul avant d'aborder la situation avec l'équipe éducative. Elle prit rendez vous avec son psy, mais il n'était pas disponible avant trois semaines. Ayant des heures de RTT à prendre, elle en profita pour aller s'oxygéner la tête et le corps.

En quittant l'établissement, Colette aperçut Martin et Mélanie qui lessivaient chacun un mur sans se regarder. Elle ne put retenir ses larmes.

Le lendemain, la réunion éducative avait lieu à 10 heures, pendant que les jeunes étaient en classe ou en atelier. Ils étaient quatre éducateurs, dont deux avaient assisté au conseil de discipline, plus le directeur et le chef de service. Colette était officieusement l'éducatrice « référente » de Martin. Seulement comme son contrat n'était qu'un CDD, cette fonction n'était pas reconnue par ses collègues. Le directeur n'avait jamais su se prononcer à ce sujet. Ce débat étant remis à plus tard, sa position au sein de l'équipe était très floue.

Le directeur leur servit le même discours que précédemment. Les autres éducateurs étaient fossilisés dans des convictions archaïques. Personne ne voyait rien à redire quant aux décisions du conseil de discipline. Les sanctions étaient justes et adaptées. Le dialogue était un dialogue de sourd. Colette était la seule à penser qu'il y avait danger. Elle parlait de décisions inadaptées, dégradantes et humiliantes, dont les conséquences seraient sûrement désastreuses pour l'équilibre de Martin et de Mélanie. Quant au jeune casseur de voiture, il devait jubiler et attendre avec impatience l'occasion de recommencer.

Colette comprit vite que l'intérêt et la réputation de l'établissement étaient la priorité du moment. Elle rappela que leur seul objectif était d'aider ces enfants à retrouver des repères cohérents pour favoriser leur intégration dans la vie sociale. Le directeur lui répondit alors :

– Vous êtes en CDD, et ne travaillez qu'à temps partiel. Les sanctions sont adaptées. Le dialogue est clos.

– Merci, Monsieur le directeur. Le message est reçu.

Je ne cautionnerai pas une telle injustice, pensa Colette. La réunion s'est achevée dans un climat de tension palpable. Elle n'avait jusqu'à présent jamais fait de vagues. Elle était même plutôt docile et très respectueuse envers l'expérience des anciens. Elle se sentait piégée par son humilité qui, face à ces dinosaures englués dans leurs certitudes, devenait de la bêtise. Elle était aussi piégée par une raison beaucoup moins noble, plus terre à terre, celle de la perspective d'un CDI. C'est une arme très redoutable, qui fait fermer les yeux pour ne pas voir ce qui dérange. On étouffe la petite voix qui est en nous et qui dit qu'on fait fausse route.

Là, c'était trop grave. Il fallait faire quelque chose. Elle demanda à voir Martin et Mélanie entre 12 et 13 heures, par défi et aussi pour leur éviter une heure d'humiliation. Elle voulait qu'ils sachent à quel point l'injustice dont ils étaient victimes la concernait. La haine qu'elle lut dans leur regard la blessa profondément. Un gigantesque mur s'était dressé entre eux. Elle voulait leur expliquer qu'on avait utilisé ses propos, qu'ils n'avaient commis aucune faute, qu'elle n'était même pas au courant des décisions prises pendant son absence et qu'elle ferait son possible pour les aider. C'était trop tard. Elle avait perdu leur confiance.

Tout son travail avait été saboté. Le mal était fait. Elle prit contact avec les parents des deux jeunes pour leur expliquer la situation avec précision. La maman de Martin l'a écoutée, mais il y avait longtemps qu'elle avait baissé les bras et que son fils n'était plus le centre de ses préoccupations. Quant aux parents de Mélanie, ils n'avaient retenus de Martin que son histoire d'attouchements sexuels. Evidemment il ne pouvait être que malsain.

Colette était anéantie. A partir de ce moment-là, elle s'est mise à douter de tout et de tout le monde. La vie de chacun reprenait son cours. Elle ne parvenait plus à communiquer avec Martin et Mélanie qui s'étaient séparés. Elle ne voulait pas se laisser envahir par la culpabilité, mais il lui était impossible de continuer à travailler avec une équipe qui ne reconnaissait pas son travail et en qui elle n'avait plus confiance. Colette écrivit à la direction. A sa grande surprise, deux de ses collègues changèrent de groupe.

Martin était passé à sa demande sur une autre structure où il tentait d'apprendre le métier de menuisier. Cette démarche fut perçue comme le désir de prendre enfin sa vie en main. Colette n'y voyait là qu'un moyen de se faire oublier quelque temps. Au bout de 15 jours, il saccagea tout son travail et demanda à changer d'atelier. On le mit en maçonnerie où il brilla par son manque de motivation.

Mélanie devint de plus en plus introvertie et d'une docilité extrême. Volontaire pour toutes les taches ménagères, elle était corvéable à souhait. Cela faisait le bonheur de ses camarades qui profitaient allègrement de la situation, jusqu'au jour où elle multiplia les absences injustifiées.

Colette alerta son chef de service qui visiblement n'avait rien remarqué. Elle s'est rendue au domicile de Mélanie. Elle parlementa un long moment avant que sa maman la laisse entrer. Les éducateurs suscitent beaucoup de méfiance, un peu comme la police. Rares sont les parents qui les accueillent avec plaisir. L'odeur qui se dégageait de l'appartement – un mélange de tabac, de friture et de saleté – était suffocante et donnait la nausée. La maman buvait du café et fumait avec une autre personne. Sans un mot, elle lui montra une porte fermée.

Colette supposa qu'il s'agissait de la chambre de Mélanie. Elle frappa et sans attendre de réponse, elle entra. Dans la pénombre, elle aperçut des vêtements qui jonchaient le sol parmi des restes de paquets de gâteaux et autres barres chocolatées. Les volets étaient fermés. La chambre n'avait pas dû être aérée depuis plusieurs jours, voire des semaines. Sur un matelas à même le sol, Mélanie était recroquevillée, vêtue simplement d'une culotte et d'un vieux polo. Dans ses bras, elle serrait une poupée de chiffon qui avait dû en voir de toutes les couleurs. Elle l'appela doucement :

– Mélanie, c'est moi Colette. Est ce que tu es malade ?

– Laisse-moi, je veux voir personne ! Et d'abord, t'as pas le droit de venir chez moi.

– Si je suis ici, c'est parce que je suis inquiète pour toi. Si tu es malade il faut faire venir le médecin.

– C'est pas la peine, je lui dirai rien.

– Tu as l'intention de vivre comme ça encore longtemps ?

– J'en sais rien, qu'est ce que ça peut te faire ?

– Je suis venue te chercher et je ne repartirai pas sans toi. Tu crois vraiment que je me serais déplacée si je ne m'intéressais pas à toi.

Elle s'est mise à pleurer. Colette s'est assise à ses cotés en lui caressant doucement les cheveux.

Ses sanglots étaient de plus en plus forts. Elle la laissa évacuer ce trop plein d'angoisse et de tristesse. Mélanie lui dit :

– J'ai peur de retourner là bas.

– Je sais et c'est pour t'aider que je suis là. Habilles-toi. Prends quelques vêtements de rechange, même sales, on se débrouillera. Pour le reste, on verra sur place. Pendant que tu te prépares, je vais parler à ta mère.

Colette savait que la partie n'était pas gagnée. Il fallait qu'elle trouve des arguments très convaincants. Elle commença par aborder l'avenir de Mélanie, en insistant sur ses aptitudes au travail et sur les progrès qu'elle avait fait depuis son arrivée. Elle brodait merveilleusement bien. L'éducatrice de l'atelier lingerie n'avait que des éloges à faire à son égard.

« A part se faire « sauter par des pervers », je ne vois pas ce qu'elle a appris dans votre « putain d'école ! » Ici, j'ai besoin d'elle pour s'occuper des petits et du ménage », dit la mère. Colette avait espéré ne pas avoir à utiliser des moyens qu'elle détestait, mais la situation l'y obligeait :

– Madame, votre fille est absente depuis 15 jours sans aucun motif valable. Si la situation devait se prolonger, elle serait radiée de l'établissement, et de ce fait vous ne percevriez plus les allocations prévues à cet effet.

– C'est dégueulasse ! Vous êtes tous des pourris !

– Je n'y peux rien Madame. Il faut comprendre que la liste des jeunes qui attendent pour entrer dans nos centres spécialisés est longue. Votre fille est prête à se reprendre en main. Ce serait dommage de ne pas lui laisser cette chance.

Il fallait faire vite, car elle n'était pas sûre que Mélanie soit toujours décidée à la suivre. Elle fut rassurée en entendant : « Mélanie, bouge ton cul, ton « éduc » t'attend et j'ai pas envie de perdre de la tune à cause de toi ! »

Colette ne pourrait jamais se faire à la vénalité des gens. L'intelligence du cœur était sa philosophie, la valeur la plus importante de toute sa vie. Elle avait pourtant parfois l'impression de se battre contre des moulins à vent. Elle pensa : pourquoi ai-je toujours cette soif de sincérité et d'honnêteté ? Je ne sais pas tricher. Si parfois il m'arrive, par facilité, d'être en désaccord entre mes actes et mes valeurs, je suis très malheureuse.

Je sais qu'on me perçoit souvent comme quelqu'un de naïf, parce que j'essaie toujours de comprendre et non de juger. Il me semble au contraire que je suis quelqu'un de très lucide. Ce n'est pas parce que je comprends que je cautionne ! Combien de temps pourrais-je tenir dans cet univers vénal ? Je ne suis pas faite pour ce monde-là. Je me sens souvent bien seule.

Colette et Mélanie prirent le chemin des écoliers pour rentrer au foyer. Colette passa par le centre-ville qui est toujours très animé avec ses boutiques aux vitrines colorées. Elle voulait lui montrer la vie. Elles avaient la chance d'être dans une ville très agréable, avec des vieux bâtiments rénovés avec goût qui réjouissent l'œil. Elle espérait que Mélanie serait un peu sensible à cette ambiance. Elle voyait bien qu'elle restait hermétique, enveloppée dans une bulle opaque d'où il serait difficile de la faire sortir. Colette devait reprendre des forces. Elle se sentait lasse. Elle avait besoin de voir un tableau idyllique, peuplé de gens qui bougent. Elle voulait surtout ne rien savoir de leur vie. Elle les imaginait vide de tous soucis. Cette image l'apaisait.

Ce n'était pas la première fois qu'elle se rendait au domicile de Mélanie pour venir la chercher. Chaque fois, elle rentrait dans un monde glauque et répugnant de saleté. La violence était partout, visuelle et sonore. Aucun amour ne filtrait, mais peut-être existait-il quand même ? Elle n'aurait su le dire !

La maman ne parlait pas. Elle aboyait. Les deux petits qui galopaient presque nus dans l'appartement ne semblaient pas s'en émouvoir. Mélanie avait en apparence accepté cet univers où elle faisait figure de Cendrillon, de maman de substitution. Elle se sentait responsable de ses deux petits frères qui s'accrochaient à ses jambes dès qu'ils sentaient qu'elle allait partir. La maman les repoussait sans douceur, et ils pleuraient. Mélanie s'accroupissait et leur chuchotait des mots sûrement plein de tendresse à l'oreille. Ils reniflaient en faisant oui de la tête. Elle embrassait leur visage barbouillé, puis refermait la porte en leur envoyant un baiser de la main. Les pleurs redoublaient. La maman hurlait. Mélanie et Colette descendaient les escaliers le plus vite possible avant que Mélanie n'ait plus le courage de la suivre. Ces moments étaient toujours très douloureux à vivre.

A l'institution, elle était très appréciée par ses camarades. Elle était douce, d'humeur égale, très propre et ordonnée. Sa chambre était l'une des seules à être personnalisée, et aussi la mieux entretenue. Une photo de ses petits frères trônait sur la table de nuit, protégée par un napperon brodé par ses soins, et dont elle pouvait être fière. Sur les murs, des posters de ses chanteurs préférés étaient soigneusement accrochés.

Une odeur de lavande flottait dans cette chambre régulièrement lavée et aérée. Quel contraste avec l'appartement familial ! D'ailleurs, elle ne dévoilait rien de ce qu'il se passait chez elle.

Le bâtiment qui servait de lieu de vie au groupe des ados était l'ancien logement de fonction des directeurs de l'établissement. L'appartement avait été réaménagé pour accueillir 10 jeunes en internat, garçons et filles. Il était composé de quatre chambres doubles et de trois chambres individuelles. L'une d'elles était utilisée par la veilleuse de nuit. La cuisine était vaste et conviviale avec des meubles en pin. Le salon était la grande fierté des jeunes. Ils l'avaient meublé selon leur goût avec un grand canapé d'angle, un autre canapé de trois places, un fauteuil, une table de salon, un meuble avec une télé de bonne taille et une bibliothèque. Une lampe allogène adoucissait la lumière violente du plafonnier. L'endroit était propice à la quiétude. La salle de bain ne comprenait qu'une douche, mais il y avait des toilettes à chaque extrémité de l'appartement. Les jeunes disposaient d'une petite salle de jeux vidéo. Ils avaient réussi à obtenir l'installation d'un lave-linge dans un petit réduit. L'entretien des locaux était assuré par les jeunes eux-mêmes. Leur autonomie était presque totale, ce qui s'inscrivait dans le projet éducatif. Seuls les repas du soir et le petit déjeuner leurs étaient livrés par la cuisine centrale. A midi, tout le monde mangeait au self de l'établissement.

Leur situation géographique était privilégiée. Ils disposaient de l'ancien logement du directeur, sur l'arrière du bâtiment à l'écart des allées et venues. L'arrivée de Colette et Mélanie passa inaperçu, à leur grand soulagement. Colette n'avait jamais vu Mélanie dans un tel état. Son aspect physique était désastreux. Elle était sale et amaigrie. Ce qui l'inquiétait le plus, c'était son regard vide.

Dans sa chambre, elle se jeta sur son lit pour pleurer. Colette ferma discrètement la porte et la laissa. Il était 15 heures. Elles étaient tranquilles jusqu'à 17 heures 15 avant que les autres ne sortent de classe ou d'atelier. De son bureau, situé en face de la salle vidéo, Colette téléphona à son chef de service pour le prévenir de leur retour. Il était stupéfait qu'elle ait pu la ramener aussi vite. Il voulait connaître tous les détails. Elle avait envie de lui dire : « Calme ta joie, si tu savais ce que je pense de toi et de ton travail, tu serais moins enthousiaste ! » Elle lui précisa seulement qu'elle ne pourrait pas le voir tout de suite, elles avaient trop de choses à faire.

Colette ne voulait surtout pas qu'on puisse voir Mélanie dans cet état. Elle avait subi suffisamment d'humiliation, il était inutile d'en rajouter. Les langues de vipères n'auraient rien à se mettre sous la dent. L'entretien était prévu pour 18 heures 45. Le repas étant servi à 19 heures, la traditionnelle leçon de morale serait vite expédiée.

Mélanie s'était endormie assez rapidement. Colette l'avait recouverte d'un plaid moelleux. Il fallait qu'elle se repose. Pendant ce temps, elle lui prépara un chocolat chaud avec du pain d'épices et un verre de jus d'orange. Elle vida son sac et mit son linge dans le lave-linge pour le laver. En temps normal, chaque jeune devait prendre en charge sa lessive. Un tableau de service, élaboré tous les lundis avec eux, précisait les taches quotidiennes à effectuer. Tout le programme était axé sur la recherche de l'autonomie.

Mélanie dormit pendant une heure. Colette alla la réveiller doucement. Elle a tout de suite souhaité prendre une douche. Comme elle avait laissé quelques vêtements propres dans son armoire, elle put les utiliser sans avoir besoin d'aller en chercher à la lingerie au risque d'avoir à se justifier. Colette prit le temps de la coiffer. Elle avait les cheveux longs et brun. A la place de sa traditionnelle queue de cheval, elle a accepté qu'elle lui fasse « un chignon pétard » qui lui donnait l'air moins sévère. Pour la première fois depuis longtemps, elle se fit un timide sourire en se voyant dans le miroir.

Elles n'avaient pratiquement pas parlé depuis leur départ de chez elle. Les longs discours n'auraient eu aucun sens. Elle avait besoin d'aide. Colette était là. Elles le savaient toutes les deux, et ça suffisait pour le moment. Quand elle sentit l'odeur du chocolat chaud et vit le plateau goûter que Colette lui avait servi dans la cuisine, elle hésita, puis demanda timidement si c'était pour elle.

– Tu préfères peut être du café ou du thé ?

– Oh, non, mais je ne l'ai pas mérité !

– Je ne me suis pas posé la question. J'ai pensé que ça te ferait du bien, c'est tout.

– C'est la première fois que je me fais servir, et en plus sur un plateau. Merci Colette.

– Par contre, je te laisse faire la vaisselle. Si tu me cherches, je suis dans mon bureau.

Pendant que Colette ouvrait la fenêtre pour aérer la pièce, elle aperçut Martin qui sortait de l'infirmerie. Le bruit lui fit lever la tête. Elle en profita pour lui faire signe de venir la voir. Il fit le tour du bâtiment. Elle l'attendait au pied de l'escalier qui montait jusqu'au groupe. Officiellement, sa relation avec Mélanie était finie. De toute façon, il leur était interdit de se voir et surtout pas dans l'établissement. Il s'avança vers Colette l'air inquiet. Sans réfléchir, elle lui dit que Mélanie était dans la cuisine et que s'il voulait la voir c'était tout de suite ou jamais. Il hésita un court instant, puis grimpa les marches quatre à quatre.

Quand il entra dans la pièce Mélanie finissait son chocolat. Elle en avait encore sur le coin des lèvres, qu'elle essayait d'enlever avec sa langue. Elle ressemblait à une petite fille. Elle sursauta en voyant Martin et se leva brusquement. Tous deux regardèrent Colette. Elle leur sourit. Martin prit tendrement Mélanie dans ses bras. Elle posa sa tête sur son épaule. Ils se sont bercés, serrés l'un contre l'autre, comme deux enfants qui cherchent à se rassurer. Le baiser qui suivit devait avoir un bon gout de chocolat. Colette leur laissa quelques minutes d'intimité. Elle voyait l'heure tourner. Sa collègue et les jeunes allaient arriver. Martin devait partir au plus vite et regagner son groupe, ce qu'il fit sans se faire prier. Tous les trois avaient conscience des risques qu'ils venaient de prendre.

Elle avait commis une faute professionnelle en organisant cette rencontre, même si elle n'était pas préméditée. Elle ignorait ce que l'avenir leur réserverait, mais elle était sûre d'une chose : il n'y avait rien de malsain dans le comportement de ces deux enfants, et ils venaient de le prouver. Cet instant ne pouvait avoir que des répercutions positives dans leur vie. Elle savait que ce n'était pas suffisant pour effacer les horreurs qui avaient été dites sur eux et les humiliations dont ils avaient été victimes.

Colette espérait simplement qu'ils retrouveraient un peu l'estime d'eux-mêmes.

Le cahier de liaison resta vide ce soir-là. Elle informa sa collègue oralement du retour de Mélanie, en précisant qu'elle sortait d'une période de grosse fatigue. Sa maman l'avait soignée avec les moyens du bord. Une visite chez le médecin du foyer permettrait de vérifier sa guérison. Elle raconta la même histoire à son chef de service. Mélanie eut droit au couplet sur l'importance d'un certificat médical pour justifier une absence pour maladie. L'entretien n'avait duré que cinq minutes. Avant de partir, Colette prit le temps de conseiller à Mélanie de se faire discrète pour la soirée.

Cette journée avait nerveusement épuisée Colette. Sur le chemin de retour, vers sa maison, elle mit un CD dans le lecteur de sa voiture pour se détendre, mais le film de la journée passait en boucle dans sa tête. Une migraine commençait à monter. Elle avait beau essayer de faire le vide, rien n'y faisait. Elle était incapable de laisser ses problèmes au boulot. Cette situation devenait de plus en plus quotidienne. Sa vie familiale commençait à en subir les conséquences. Cependant, elle se croyait assez forte pour être à la fois une bonne mère, une bonne épouse et une bonne éducatrice. Elle venait de commencer une psychothérapie. Elle avait mis tous les atouts de son côté pour gérer les situations délicates. Ça ne pouvait qu'aller bien ! Alors, pourquoi cette boule d'angoisse lui nouait-elle tout le temps l'estomac ?

Les soirées à la maison commençaient généralement dans la bonne humeur. Ils étaient tous contents de se retrouver. Chacun racontait plus ou moins sa journée et vaquait à ses occupations. L'ambiance se dégradait souvent au moment du repas.

Colette n'avait pas habitué son mari et ses enfants à des repas achetés tous prêts et vite réchauffés au four à micro-ondes. Elle cherchait à se justifier avant même qu'ils n'aient dit quoi que se soit à ce sujet. Fatalement, c'était le meilleur moyen de les inciter à faire des commentaires. Elle les exaspérait encore plus en parlant de ses difficultés au travail, car elle monopolisait la conversation et devenait un moulin à paroles. Elle se sentait incomprise. Le ton montait, et tout le monde quittait la table en boudant ou en râlant. L'atmosphère était pesante. Ils se couchaient sans un mot. Elle ne comprenait pas ce qui se passait.

Durant 20 ans, Colette avait été une mère au foyer toujours disponible. Elle adorait cuisiner et avoir une maison bien entretenue. Cela ne l'empêchait pas d'avoir une vie sociale très active. Elle faisait du sport et des activités manuelles. Elle avait choisi cette vie et elle lui plaisait. Elle avait aussi un métier, éducatrice, et elle se sentait frustrée de ne pouvoir l'exercer. Quand à 40 ans elle eut l'opportunité d'exercer son métier, elle ne put résister. Elle savait qu'il faudrait du temps pour que la famille trouve ses nouvelles marques. Tout le monde l'avait encouragé dans cette voie. Elle était confiante. Une bonne motivation et une bonne organisation viendraient à bout de tous les problèmes. Colette voulait tellement que tout se passe bien. Elle essayait de s'en convaincre. Alors pourquoi se sentait elle aussi mal ?

On dit que la nuit porte conseil et que le sommeil est réparateur. Que dire alors d'une répétition de nuits peuplées de cauchemars ou d'insomnies ? Les réveils étaient de plus en plus difficiles. Les migraines étaient de plus en plus fréquentes et douloureuses, associées à des nausées invalidantes.

L'établissement était agrée pour recevoir des jeunes déficients mentaux légers. Au fil des ans, la population avait évolué. L'établissement accueillait des cas sociaux avec pour certains de graves troubles du comportement. Les structures et le projet de l'établissement n'étaient plus adaptés à ce genre de problématique. Le travail n'en était que plus difficile pour celui qui voulait se donner la peine de le faire correctement. Les restrictions budgétaires empêchaient tout recrutement supplémentaire de personnel qualifié. La politique était prioritairement basée sur l'action éducative, mais ils étaient désormais supervisés par des gestionnaires. Deux mondes diamétralement opposés allaient devoir tenter de cohabiter.

La plupart des éducateurs avaient baissés les bras. Ils attendaient la retraite sans états d'âme. Nombreux étaient ceux qui approchaient de la soixantaine et ne recherchaient que la tranquillité. Colette, elle, voulait se battre pour ces jeunes. Elle s'y était engagée. C'était son devoir. D'ailleurs, elle n'en avait pas fini avec Martin et Mélanie.

Colette commença sa journée à 7 heures 30. La veilleuse de nuit l'informa qu'il n'y avait rien de particulier, ce que confirma le cahier de liaison. Colette réveilla individuellement les jeunes, en prenant soin de respecter le rythme de chacun. Certains avaient plus de mal que d'autres à se lever. C'était un moment important qui était souvent déterminant pour le reste de la journée. En fonction de l'ambiance du petit déjeuner, elle savait si la journée serait ou non difficile.

Mélanie retrouva très vite ses marques, au grand soulagement de Colette. Elle avait toujours été l'une des seules à qui l'on n'avait pas besoin de rabâcher les choses. Que serait-elle devenue si je n'étais pas allée la chercher ? pensa-t-elle. Combien d'autres n'ont pas eu ou n'auront jamais cette chance ? Il suffit parfois de si peu pour que tout bascule. Colette savait que Mélanie appréhendait de retourner à l'atelier lingerie. Elle la laissa tout de même y aller seule. Elle l'avait déjà beaucoup aidée. Elle devait désormais expliquer seule son absence à Suzette, l'éducatrice d'atelier.

Alors que tout le monde vaquait à ses occupations, Martin était toujours dehors et fumait une cigarette. Il dit à Colette :

– La maçonnerie, c'est pas mon truc. J'ai demandé à faire un stage en Espace Vert. Paul est au téléphone avec le directeur pour voir si c'est possible. Au fait, merci pour hier, « t'a été super cool ».

– Je vous fais confiance, alors pas de « conneries ». Ici, vous ne vous connaissez plus.

– T'inquiètes pas, j'ai pas envie que le cirque recommence.

– Allez, bonne chance, et fais un effort pour ton stage. J'espère que cette fois ça te plaira. Mets toutes les chances de ton côté.

Un terrain de stage, c'était sacré. Ça ne courrait pas les rues. Les patrons étaient toujours réticents quand les éducateurs expliquaient la problématique des jeunes. Ils en disaient le moins possible, mais les patrons étaient en droit de savoir à qui ils avaient à faire. Lorsque l'un d'eux acceptait, il fallait essayer de le garder précieusement. Les jeunes avaient beau être sensibilisés sur la chance qu'ils avaient d'avoir une expérience professionnelle dans la vie active, à tout moment la situation pouvait dégénérer par des actes de vandalisme, de violence verbale ou physique. Il restait quand même quelques bons samaritains qui leurs étaient fidèles. Il fallait aussi rester très vigilant, car certains trouvaient aussi que ces jeunes étaient un bon filon à exploiter. Colette et ses collègues étaient très doués pour les visites surprises sur les lieux de stage. Elle savait que l'avenir professionnel de Martin était loin d'être gagné. Ses nouveaux éducateurs l'aideraient…

Colette s'était mise hors la loi pour qu'il retrouve sa dignité. Elle était en parfait accord avec elle-même. La déontologie en avait pris un coup, mais l'être humain était soulagé.

Suzette l'attendait à la lingerie. Elle venait de trouver un stage de 2 mois dans un pressing pour une fille sérieuse. Le retour de Mélanie l'avait soulagé, car elle était la seule qu'elle pouvait proposer. Mélanie voulait tenter l'expérience. Elle débuterait la semaine suivante. Colette lui conseilla en aparté de continuer de voir la psy. Mélanie lui fit signe que oui. A ce moment-là, elle ignorait encore que Mélanie allait changer de groupe dans la journée pour laisser sa chambre à une jeune fille qui arrivait en urgence.

Le comble fut que le seul groupe qui pouvait encore accueillir un jeune suffisamment autonome était celui de Martin. Curieusement, personne ne trouva rien à redire quand Mélanie l'intégra. Cette structure fonctionnait en autonomie totale, avec un éducateur comme conseiller et superviseur.

A partir de ce jour-là, Colette les perdit de vue pendant quelques semaines. En faisant ses courses dans une grande surface, elle les croisa par hasard. Ils se tenaient par la main. Leur éducateur avait fini par accepter leur liaison. Le stage de Mélanie était reconduit pour un mois avec une perspective de contrat d'apprentissage. Martin n'avait toujours pas trouvé sa voie. Ils étaient heureux et le reste suivrait.

*

*   *

Colette retourna sur son groupe. Elle devait accueillir une jeune fille de 17 ans. Elle venait du foyer des Lilas. Elle s'appelait Aline. Elle ne comprenait pas pourquoi son arrivée en internat était si urgente. Ils avaient pris l'habitude de faire venir les nouveaux quelques jours avant leur entrée officielle. Ils avaient la possibilité de rester dîner et de prolonger la soirée s'ils le souhaitaient. Ils étaient les invités d'honneur. Généralement tout se passait bien. De cette manière, ils découvraient leur futur lieu de vie, leur chambre et leurs camarades. L'intégration était moins angoissante et se faisait en douceur.

Colette disposait d'une demi-heure avant l'arrivée d'Aline. Elle glana quelques renseignements auprès du chef de service. Elle prit son dossier et le lut rapidement : « *Aline D., orpheline de mère à l'âge de trois ans, une sœur de deux ans son ainée ; célibataire avec un enfant de 10 mois. Le père d'Aline est au chômage ; et on lui a retiré le droit de garde de ses enfants pour cause de maltraitance sous l'emprise d'alcool. Les familles d'accueil se sont alors succédé, ainsi que les séjours dans différentes institutions.* »

Aline est une adolescente à caractère dépressif, cyclothymique, pouvant alterner des périodes d'apathie suivies de périodes de violence et d'agitation extrême. Sur le plan scolaire, elle a des capacités intéressantes, mais ses acquisitions manuelles sont très pauvres. Elle a des troubles de la coordination.

Le chef de service précisa : « Nous l'accueillerons à l'IME pour une période d'essai d'un mois en internat de semaine. Dans un premier temps, elle rentrera au foyer des Lilas pour les weekends et les vacances scolaires. D'éventuelles journées ponctuelles chez sa sœur ou chez son père pourraient être envisagées, en fonction de son comportement et de ses désirs. Elle sera suivie par le médecin psychiatre de l'établissement qui prendra le relais du docteur R. » Et il ajouta : « Colette, si j'ai choisi ton groupe pour cette jeune fille, c'est qu'il me semble le mieux adapté. Je sais que ta façon de les aborder « passe bien », même avec les cas difficiles. Je compte sur toi pour tempérer un peu ta collègue Sarah. Je sais qu'elle est parfois obtuse et qu'elle perd souvent son sang froid. Que veux-tu, à quelques mois de sa retraite, je ne peux rien faire. Bien sûr en tant qu'éducatrice spécialisée, elle reste la responsable du groupe. »

« Ben voyons ». Colette s'est abstenue de tout commentaire à ce sujet. Loin d'être flattée, elle sentait le piège se refermer sur elle. Elle voulait savoir pourquoi tant de précipitation pour la venue d'Aline. Ça l'intriguait fortement. Le chef de service expliqua :

– Au foyer des Lilas, Aline a épuisé tout le monde par son comportement. Ils étaient démunis et demandaient de l'aide.

– Si tout le monde a échoué, pourquoi croyez-vous que nous ferons mieux ?

– A vrai dire on n'a pas eu le choix. C'est une décision de l'ASE (Aide Sociale à l'Enfance). Allons dans le hall, elle ne va pas tarder !

Colette prit le temps d'aller se chercher un café au distributeur. C'était une excellente idée, car elle allait vivre les 15 dernières minutes de tranquillité de sa carrière d'éducatrice.

Il devait être environ 10 heures 30 quand une voiture du foyer des Lilas se gara juste devant l'entrée. L'éducatrice qui en sortit avait l'air pressée et soucieuse. Elles étaient en retard et s'excusa d'un air sincèrement désolé tout en surveillant régulièrement l'intérieur du véhicule. Elle se dirigea vers le coffre et en sortit deux énormes sacs de sport qui avaient déjà bien vécus, un cartable qui ne fermait plus et un sac poubelle contenant je ne sais quoi. Avant d'ouvrir la porte arrière, elle se présenta enfin. Elle leur tendit un dossier médical qui devait être celui d'Aline et leur dit : « Le médecin l'a mise sous Valium. Elle devrait se tenir tranquille pendant quelques heures. Pour la première semaine, quelqu'un du foyer viendra la chercher vendredi, mais dès lundi elle prendra le bus. On n'a pas eu le temps de s'occuper de son linge, ni de lui expliquer les horaires pour le bus. Je me dépêche car ma collègue s'occupe de mon groupe en attendant que je revienne ; et ce matin c'est plutôt Rock and Roll ! »

Elle aida Aline à sortir de la voiture. En voyant Aline, ils se sont regardé l'air ahuri. Pendant que Colette se mettait la main sur la bouche pour ne pas crier, Alex son chef de service a demandé :

– Qu'est ce qui s'est passé ? Comment se fait-il qu'elle soit dans un tel état ?

– Je n'ai pas le temps de vous expliquer, appelez le directeur du foyer ! dit-elle, avant de partir très vite.

Colette et Alex soutenaient tous les deux Aline. Il leur fallut plusieurs secondes avant de réagir.

Ils la conduisirent à l'infirmerie. Elle était très corpulente, aussi eurent-ils beaucoup de mal à l'installer dans un lit. Elle était sans réaction, complètement shootée. La colère a pris rapidement le dessus quand en plus ils s'aperçurent qu'elle était en pyjama, échevelée, qu'elle sentait fortement l'urine et qu'elle était pieds nus. Pour le moment, la seule chose à faire était de la laisser dormir.

Son dossier médical leur apprit qu'elle était sous antidépresseur depuis plusieurs semaines et qu'elle refusait tout contact avec un psychologue. Colette et Valérie l'infirmière se dirigèrent prestement vers le bureau du directeur. Ce dernier les attendait. Alex, le chef de service, les rejoignit. Il venait de monter les sacs d'Aline dans le groupe.

Ils apprirent qu'Aline n'avait été prévenue de son changement d'établissement que le matin même au réveil. En raison de son comportement extrêmement violent des jours précédents, l'équipe éducative avait décidé de ne l'informer qu'au dernier moment. Sa réaction était prévisible. Elle s'est mise à hurler, à menacer de se tuer si on la touchait, à frapper adultes et enfants qui étaient terrorisés. Elle cassa deux chaises avant d'être maitrisée par trois éducateurs. Le médecin psychiatre autorisa l'infirmière à lui faire une injection de Valium. Elle n'avait pas dû lésiner sur la dose, car ils venaient de récupérer un zombi. Pourquoi n'avait-elle pas été orientée vers la structure psychiatrique pour ados de l'hôpital ? Elle était, parait-il, saturée.

L'angoisse commençait à gagner Colette, ainsi que les autres éducateurs. Elle imposa ses conditions pour la soirée. Il était hors de question qu'elle l'assume seule. Elle voulait être en doublure avec un homme.

A la surprise de tout le monde, Alex se proposa. Valérie suggéra de rester à l'infirmerie jusqu'à 20 heures. Colette respirait déjà un peu mieux.

Pendant qu'Aline dormait, elle transporta ses sacs dans l'ex-chambre de Mélanie qui sentait bon le propre. En voulant soulever le plus gros, la fermeture lâcha et l'une des sangles lui resta dans la main. Une partie du linge se répandit sur le sol. Aucun vêtement n'était mettable. La plupart était visiblement trop petit. Le linge sale était mélangé avec le propre. Le deuxième sac contenait un nécessaire de toilette. Les bouchons des flacons de gel douche et de shampoing n'étaient pas fermés. Leur contenu s'était répandu sur les serviettes et les gants de toilette. Deux clémentines moisies achevaient leur décomposition. De minuscules petites bestioles survolaient le tout. Dans le sac plastique, il n'y avait que des bibelots de toutes sortes. Colette avait des nausées. Elle dut ouvrir la fenêtre de la chambre pour ne pas vomir. Pour ce qui était du manque d'hygiène, le record venait d'être battu. Il aurait été plus raisonnable de tout mettre à la poubelle, ou de tout bruler, mais elle n'avait pas le droit de la dépouiller des seuls objets qu'elle possédait. La seule chose qu'elle pouvait faire, c'était de tout amener à la lingerie pour un décrassage en profondeur.

Suzette en avait vu de toutes les couleurs dans sa longue carrière de lingère, mais tout comme Colette, elle savait toute la misère qui se cachait derrière cette saleté. Elle secoua la tête tristement, et lui demanda :

– Elle a au moins quelque chose de propre à se mettre sur le dos la petite ?

– Non, elle a besoin de tout, même de linge de toilette. J'espère que tu as au moins du 48/50, car elle doit approcher des 100 kg. J'allais oublier qu'elle n'a ni chaussures, ni chaussons.

– Quoi ? Elle n'est quand même pas venue toute nue ?

– Presque ! Elle porte juste un truc qui ressemble à un pyjama !

– D'où vient-elle pour être dans cet état là ?

– Du foyer des Lilas

– Mais, qu'est ce qu'ils leurs arrivent ? Ils sont devenus fous. C'est la première fois que je vois ça ! Bon, repasses dans une demi-heure. Je te prépare une panière avec le nécessaire. Je vais laver tout le reste, même les sacs, mais pour les réparer je ne pourrai pas faire de miracle.

– Merci Suzette, tu es un amour. Je me demande ce que l'on ferait sans toi.

– Je sais, je sais ! dit-elle d'un air faussement hautain.

Suzette devait avoir une cinquantaine d'années. Elle était célibataire et sa lingerie était son royaume. Au fil des ans, elle avait récupéré une telle quantité de vêtements qu'on était sûr de trouver son bonheur. Elle s'était aménagé un coin mercerie, contenant une ribambelle de tissus et de laines variés. Elle entretenait tout le linge de l'institution. Tout était rangé soigneusement. Elle avait instauré un planning pour que les jeunes qui le souhaitent puissent laver et repasser eux-mêmes leur linge. Il fallait toutefois le mériter. C'était un privilège d'avoir son nom inscrit sur son planning. Par contre, elle était intransigeante sur l'organisation de SA lingerie. Quiconque transgressait le fonctionnement se voyait interdit de séjour pour une durée qu'elle seule définissait.

Elle prenait aussi le temps d'organiser des stages d'une semaine pour initier ceux qui le souhaitaient, adultes et jeunes, au tricot ou à la broderie. Colette admirait beaucoup cette femme. Elle était rigoureuse dans son travail, honnête et juste avec tout le monde. Malgré son franc-parler, son cœur était énorme.

Colette repartit rapidement à l'infirmerie où Aline commençait à se réveiller. Valérie était soulagée de la voir revenir. Il était 11 heures 30. Elles avaient une heure devant elles avant le déjeuner. D'une voix pâteuse, à peine audible, elles entendirent :

– J'suis où ?

– Tu es dans ta nouvelle école. Je suis Colette ton éducatrice, et je te présente Valérie notre infirmière.

On voyait qu'elle avait du mal à retrouver ses esprits. Valérie lui demanda comment elle se sentait.

– J'suis dans les vaps. J'arrive pas à ouvrir les yeux !

– Ne t'inquiètes pas, nous restons près de toi.

– J'ai froid, pourquoi j'ai froid ?

Colette la recouvrit d'une couverture supplémentaire. Aline s'endormit quelques minutes, et très lentement reprit conscience, tel un patient qui se réveille d'une anesthésie. Dans un sursaut, elle s'assied sur le lit en regardant autour d'elle. Prise d'une panique incontrôlable, elle s'est mise à crier tout en pleurant : « Au s'cours, où j'suis ? MAMAN J'AI PEUR !! J'deviens folle ! »

Aline se rallongea sur le lit en cachant son visage dans ses mains. Tout son corps tremblait. Les bouts de ses doigts étaient blancs. Colette était assise sur le lit à côté d'elle, quand elle se redressa d'un bond : « J'arrive plus à respirer ! J'vais mourir ! Ça fourmille partout à l'intérieur ! » Colette comprit rapidement qu'elle faisait une crise de tétanie. Elle en avait malheureusement suffisamment fait-même pour en reconnaitre les symptômes. Ce n'est pas grave, mais pour celui qui le vit c'est très impressionnant. Plus on panique, plus on décuple la crise. Elle allait souvent aider Valérie quand un jeune manifestait ce genre de troubles.

Colette expliqua de nouveau à Aline qui elles étaient et où elle se trouvait. Elle lui prit la main et tout en la caressant, elle lui expliqua avec une voix lente et douce qu'elle savait ce qui se passait en elle, que ce n'était pas grave et qu'elle n'allait pas mourir. « Si tu fais exactement ce que je te dis, tu te sentiras très vite beaucoup mieux », dit doucement Colette à Aline. Les yeux plein de terreur, Aline la regardait avec espoir. Colette lui souriait en lui expliquant des techniques de respirations qui devaient l'apaiser. Pour le moment, elle s'hyper ventilait, donc augmentait l'intensité de la crise. Elle faisait les exercices en même temps qu'elle pour qu'Aline puisse s'accorder à son rythme. Il fallut du temps avant qu'elle lui fasse confiance et suive ses conseils. Il fallait peu de chose pour qu'elle cède à la panique et s'agrippe à Colette. Son timbre de voix restait le même quel que soit l'état d'agitation d'Aline. Elle la rassurait, puis reprenait les exercices de respiration. Son corps commença légèrement à se détendre au bout d'une bonne demi-heure. Elle l'avait accompagnée jusqu'à la fin de sa crise.

Pour l'avoir souvent vécu, Colette savait qu'elle devait rester dans le calme absolu pendant quelques heures. Sa quiétude était fragile, et elle ne pouvait pas la laisser seule. Le bruit ou la lumière pouvaient en un instant la replonger dans un état de panique.

C'était l'heure du repas, elle devait surveiller le reste du groupe. Valérie s'occupa de la faire remplacer au self par Alex. Colette resta auprès d'Aline durant trois heures. Elle alternait des périodes de sommeil et de veille, pendant lesquelles elles purent faire connaissance. Elle lui expliqua le fonctionnement du groupe et de l'établissement. Quand elle s'est sentie vraiment mieux, elle a pris un bain à l'infirmerie. Valérie lui lava les cheveux. Par miracle elle n'avait pas de poux. Elle accepta de porter les vêtements de la lingerie. Colette était épuisée. Les jeunes arrivaient sur le groupe, et Alex n'était pas encore là. Il fallait qu'elle assure la soirée jusqu'à 23 heures.

Le lendemain, comme tous les lundis après le goûter et le départ des semi-internes, le groupe se réunit dans le salon pour faire le point sur la semaine passée et pour préparer la semaine qui débutait. Colette en profita pour présenter Aline à ses nouveaux camarades qui ne lui firent pas un accueil des plus chaleureux. Valérie avait fait de son mieux pour qu'elle soit la plus attirante possible. Cependant le droit à la différence est une notion que bien des gens n'ont pas encore intégrée. Les commentaires sur son poids, même murmurés, agressaient et agaçaient ses oreilles. Aline était loin d'être sourde, mais sa journée l'avait tellement épuisée qu'elle se contenta de baisser les yeux.

La réunion terminée chacun savait ce qu'il avait à faire. Colette accompagna Aline jusqu'à sa chambre. Pour le moment il n'y avait que le sac poubelle contenant ses bibelots. Son regard fit rapidement le tour de la pièce. En un instant son comportement changea radicalement : « Qu'est ce que t'as fait de mes affaires, salope ? Tu me les as volée ! Vous êtes tous des enc… ! » Colette était loin de se douter qu'elle aurait une telle réaction. L'effet de surprise passé, il fallait réagir vite et de façon professionnelle. On a beau dire, mais les insultes vous atteignent toujours, même si on sait qu'elles ne nous sont pas directement adressées. En un quart de seconde, il faut mettre son bouclier émotionnel et improviser une parade.

Alors, Colette se tourna vers la porte et tranquillement lui demanda où elle avait vu une salope car elle n'en voyait aucune.

– « C'est toi pauvre conne ! », rétorqua la jeune fille.

– On a du mal te renseigner, car moi je m'appelle Colette, C.O.L.E.T.T.E. A moins que ce ne soit toi, pourtant je pensais que tu t'appelais Aline ? C'est curieux comme parfois on peut se tromper ! Par contre, je sais où sont tes affaires ; et en demandant poliment, il n'y a pas de problèmes, tu les auras rapidement.

– Ils sont où s'il te plait ? demanda-t-elle d'un ton boudeur, mais moins agressif.

– A la lingerie. Quelqu'un va t'y accompagner et tu feras la connaissance de Suzette. Si je peux te donner un conseil, sois polie !

Alison se proposa pour l'accompagner. Au retour, elle l'aida à faire son lit. Alex arriva juste avant le repas, Colette lui raconta l'incident de la chambre.

– C'est bon, tu as assuré, lui dit-il. Toutefois, j'ai peur qu'avec Sarah, ça coince.

– Le mieux c'est de faire une réunion pour qu'on s'accorde sur la façon de gérer sa violence et de voir ensuite avec elle comment mettre en place un projet individuel. Il faut qu'on ait tous le même support de travail.

– Ok, je mets ça en place pour demain, dit Alex.

– Demain ? Oh non ! Je suis en « récup ». Remets ça à un autre jour, s'il te plaît ?

– Bon, alors, mercredi 10 h réunion d'éducateurs et à 11 heures on continue avec Aline. Je préviens Sarah et l'instit pour qu'elle libère Aline.

– Ça marche !

Le reste de la soirée se déroula dans le calme. Le seul problème se posa au coucher. Le doudou d'Aline était introuvable. Pourvu qu'il ne soit pas resté à la lingerie ? Alison triomphante le trouva sous l'armoire. OUF ! Elle allait pouvoir rentrer chez elle à l'heure. Un doudou perdu, c'est la crise de nerf assurée.

Colette passa sa journée de repos à nettoyer la maison, faire les courses et préparer un bon pot au feu dont l'odeur agréable se répandait dans toute la maison, ainsi qu'une tarte aux pommes. Le feu dans la cheminée créait une ambiance chaleureuse. La télé était éteinte. Elle avait juste mis en sourdine un CD de chants de marins. Mimine ronronnait sur un fauteuil. Colette avait réussi à évacuer le stress du travail. Malgré sa fatigue, elle était heureuse. Ils allaient passer une soirée délicieuse. Elle était sûre de faire plaisir à tout le monde. Les enfants arrivèrent de l'école, avec un sourire gourmant. Sa fille lui dit : « ça sent bon jusqu'au bout de la rue ! » Colette était aux anges. Rémi arriva vers 19 heures. Elle alla l'accueillir avec un sourire radieux. De son côté, il avait le visage fermé, mais elle se refusait de le voir. Toute fière, elle lui demanda s'il n'avait rien remarqué.

– Si ! Ça sent le pot au feu. Qu'est ce qui t'arrive ? Tu es malade ?

– Pourquoi ?

– Eh bien, parce qu'on était plus habitué à ça !

– Et c'est tout ce que tu trouves à dire ?

– Il n'y a rien d'extraordinaire. C'est juste un pot au feu.

Bon, j'ai eu une journée difficile, alors j'aimerais bien un peu de calme.

Elle était furieuse et surtout triste. Une fois de plus, ils n'étaient pas sur la même longueur d'onde. Rémi n'avait pas perçu son envie de leur faire plaisir, et elle, égoïstement, voulait que cette soirée soit belle. Colette refusait que l'on puisse avoir des soucis ce jour-là. Elle était disponible, donc elle imaginait qu'ils étaient tous dans le même état d'esprit. Ce n'est que bien plus tard qu'elle réalisa que chacun avait son ressenti, mais à cette époque elle en était incapable.

Ce fut une soirée gâchée par leur impossibilité à communiquer. Le repas fut bâclé. Ils sont tous allés se coucher sans un mot, tristes et malheureux. Une fois de plus, elle ne comprenait pas ce qui leur arrivait. Il fallait qu'elle voie son psy. Elle était de plus en plus susceptible et émotive. Elle avait rendez-vous la semaine suivante.

Le lendemain matin, la tension était toujours palpable entre Colette et Rémi. Elle mourait d'envie de se blottir contre lui, mais une fierté mal placée l'en empêcha. Elle était sûre qu'il en était de même pour Rémi. Il s'est levé en lui demandant si elle faisait toujours la tête. Par bêtise, elle n'a pas saisi la perche qu'il lui tendait, et elle ne lui répondit pas. Il est parti travailler sans un mot. Elle savait qu'ils ne se reverraient pas avant 23 heures 30, puisqu'elle était de service pour la soirée. Combien de temps perdons-nous pour des futilités ? Quand deviendrons-nous adultes ?, se demanda-t-elle.

Après cette soirée désastreuse, Colette était submergée par le chagrin. Pourtant il fallait qu'elle se ressaisisse. Elle avait une réunion à 10 heures. Elle était en avance et avait préparé du café pour tout le monde. Elle pensait qu'une bonne odeur de café favoriserait le démarrage de la réunion et détendrait l'atmosphère. C'était de plus convivial. Ils en auraient besoin. Alex arriva le premier. Ils discutèrent de choses et d'autres, puis les pas de Sarah résonnèrent dans les escaliers. Sans dire bonjour, elle s'adressa directement à Alex : « Qu'est-ce que c'est que cette « tarée » que tu nous as amenés ? Elle n'a rien à faire ici. Tu trouves qu'on n'a pas assez de travail comme ça ! Elle est bonne pour l'HP (hôpital psychiatrique), pas pour nous ! » Visiblement l'arôme du café ne la rendait pas « zen ». Alex lui expliqua qu'on n'avait pas le choix :

– Elle restera pour un mois à l'essai. Ensuite, on avisera avec l'ASE (Aide Sociale à l'Enfance).

– Tu verrais le « bordel » qu'elle à mis dans sa chambre. Une vache n'y retrouverait pas son veau, et elle n'est là que depuis deux jours.

– Ecoute Sarah ! Alex n'y est pour rien. Elle est là, et ça ne sert à rien de se lamenter. Il faut qu'on se fixe des objectifs et qu'on agisse tous dans le même sens. Je sais qu'on n'ira pas loin avec elle, mais elle est ici et on a le devoir de l'aider. Que s'est-il passé hier soir ?

– Quand je lui ai dit de ranger ses affaires, elle m'a insultée. Alors tu me connais, j'ai « gueulé » plus fort qu'elle. Je l'ai poussée dans sa chambre et j'ai fermé à clé. Elle a fait le bazar pendant une heure et elle s'est calmée. Au moins on a pu regarder la télé tranquillement avec les autres. Ce matin, elle dormait par terre toute habillée à côté de son lit. Je l'ai ignoré, c'était trop tard pour le petit déjeuner. Je l'ai expédiée vite fait en classe, mais elle n'a pas eu le temps de prendre une douche.

Colette savait que Sarah allait réagir comme ça. Elle connaissait très peu sa vie. Elle savait qu'elle était divorcée depuis de longues années. Elle avait un garçon de 26 ans qu'elle-même disait instable. Elle n'avait toujours pas fait le deuil de ce divorce. Il ne se passait pas une journée sans qu'elle ne parle de son ex-mari qui, de son côté, avait refait sa vie. Sarah vivait seule, et l'approche de la retraite la terrorisait et la rendait encore plus irritable que d'habitude.

– Alex, dit Colette, je refuse de travailler comme Sarah. Nous ne sommes pas des flics, mais des éducateurs. Il ne faudrait peut-être pas l'oublier. Cette gamine, c'est une montagne de douleur. Je suis certaine qu'elle peut progresser si on se donne la peine de la comprendre. On ne fera pas de miracle, j'en suis consciente. Il est hors de question que je réponde à sa violence par la violence.

– Si tu veux te faire piétiner, c'est ton problème. Moi, j'ai toujours fonctionné comme ça, et ça fait 30 ans que je suis tranquille, dit Sarah.

– C'est bien « ça » le problème !, ne put s'empêcher de répondre Colette.

Alex ne disait rien. Il n'avait jamais eu le courage de s'opposer à Sarah. Tout le monde la craignait. Elle était dans la toute puissance, comme ces jeunes qu'ils voyaient arriver, pleins d'arrogance et très sûr d'eux, ne fonctionnant que par la peur qu'ils inspiraient. Pris un par un, on s'apercevait rapidement que ce n'était qu'un déguisement, une armure qui leur permettait de tricher avec eux-mêmes pour se protéger de leurs angoisses et de leurs propres peurs. Le rôle des éducateurs est de faire tomber ce déguisement, et surtout de faire que chacun soit fier de ce qu'il est réellement. Il n'y a que quand on s'aime que l'on peut aimer les autres. Le respect des autres passe avant tout par le respect de soi. C'est en tout cas ce que croyait Colette. Cependant, quand les éducateurs ont une carapace au moins aussi épaisse que celle des jeunes qui leurs sont confiés, et qu'ils refusent de l'admettre, là, on est très mal.

Sarah prenait Colette pour une utopiste, et la méprisait en tant qu'éducatrice, ce qui faisait très mal à Colette. C'est pourquoi elle préférait travailler seule.

– Je connais ta façon de fonctionner Sarah. Tu es la responsable du groupe. Je ne te demande qu'une chose : c'est de ne pas saboter mon travail, dit Colette.

– Bien sûr, c'est évident !, répondit Sarah. Elle se fichait ouvertement de Colette. Alex n'osait rien dire.

Aline arriva pour qu'ils déterminent ensemble un projet qui justifiait sa place dans l'établissement. Alex lui demanda si elle savait pourquoi elle était là. Elle répondit :

– J'ai fait trop de « conneries » dans mon ancien foyer.

– Ici que comptes tu faire ?

– Me calmer et apprendre un métier.

– Qu'est ce que tu veux dire par te calmer ?, demanda Colette à Aline.

– Ben, plus taper les autres. Heu !! Plus insulter les gens. Heu !! Plus me mettre en colère.

– C'est bien, mais est ce que tu as vraiment envie d'y arriver ?

– Oh oui !

Sarah lui rappela tout ce qu'elle avait fait depuis son arrivée et ajouta que c'était suffisant pour aller en HP (hôpital psychiatrique). Aline réagit immédiatement :

– OH ! NON PAS ÇA ! C'est fini. Maintenant je serai calme. Je te le promets.

– Tu as plutôt intérêt, lui dit Sarah.

– C'est un bon projet, dit Colette, mais je pense que tu peux faire mieux encore. Je te demande en plus de respecter les horaires du groupe (lever, toilette, petit-déjeuner, services, classe, repas au self et pour le soir même chose). Tu dois aussi passer à l'infirmerie matin et soir pour prendre ton traitement. Tu es d'accord ?

– OUI !!!

– Tous tes engagements sont notés. Il y a deux feuilles que nous allons tous signer. L'une est pour toi, et l'autre sera mise dans ton dossier.

Aline signa avec beaucoup de sérieux.

– Tu es bien d'accord ? Si tu ne respectes pas tes engagements, tu peux être renvoyé de l'école, insista Alex.

– Je vous promets que je serai parfaite !

Personne ne fit de commentaires. Colette trouvait la formule du projet individuel très intéressante. L'implication des jeunes dans son élaboration donnait du sens à leur action. Les jeunes devenaient les acteurs de leur vie. Un engagement écrit officialisait l'événement et lui donnait plus d'importance. Elle leur disait souvent : « ta vie sera ce que tu en feras. Ton bonheur, c'est toi qui le construiras. Elle aimait bien cette formule qui est valable pour tout le monde ».

La semaine qui suivit fut relativement calme. Tout le monde savait qu'ils étaient dans l'œil du cyclone. Pour améliorer l'ordinaire, Sarah demanda à Colette d'organiser une soirée à thème. L'idée était séduisante. L'un des jeunes proposa TAHITI. Le projet fut accepté à l'unanimité. Certains voulaient se déguiser et se maquiller. C'était une bonne idée, mais ça ne suffisait pas. Comment passer cette soirée ? La réserve d'idées était épuisée. Colette vint à leur secours : « Je propose que nous organisions un repas tahitien avec apéritif (sans alcool bien sûr) comme dans un grand restaurant. Vous serez tous des personnalités importantes. Il faudra faire attention à sa façon de parler et de se comporter. On pourrait finir par une boum jusqu'à 11 h, mais pas plus tard. »

L'idée avait séduit tout le monde. Il fallait déterminer les tâches de chacun. Frédéric se proposa pour le rôle de serveur, créateur de cocktails pour l'apéritif. Le recrutement de deux aides cuisiniers, dont un pour le dessert, ne posa aucun problème. Elle avait également besoin de quelqu'un de soigneux pour dresser une jolie table. A l'unanimité tout le monde voulait Mélanie. Elle accepta volontiers de passer un moment sur son ancien groupe. Pour la musique, il y avait ce qu'il fallait. Quelqu'un proposa de faire des menus sur papier avec son instit. Pour le rangement, tout le monde s'y mettrait. Chacun avait choisi son rôle. Même Aline s'était proposée pour aider à la cuisine. Ils disposaient de quatre jours pour tout préparer. C'était un énorme chalenge pour tous.

Il fallait sans cesse motiver les troupes qui baissaient les bras à la moindre difficulté.

Le jour J arriva enfin. Colette était très satisfaite de leur travail. La table était joliment décorée avec des pétales de fleurs colorées, en tissu, sur une nappe en papier vert pâle. Les assiettes et les verres en carton s'harmonisaient avec le tout. L'instit avait adhéré au projet et chaque convive avait son menu personnalisé. Le serveur créateur de cocktails s'était surpassé. Dans chaque verre de jus de mangue, il avait ajouté quelques goutes de grenadine. Une rondelle d'orange était fixée sur le bord du verre, et une paille finissait la décoration. Colette avait réalisé le plat principal, un cari de poulet avec du rougail et du riz. Aline s'était occupée d'émincer les oignons ainsi que l'ail. Colette lui avait également demandé de couper les tomates en petits dés. Ça lui avait pris beaucoup de temps, mais à leur grande surprise elle était arrivée au bout sans se plaindre. Le dessert était composé d'un flan coco, nappé de caramel, fabriqué par deux élèves de l'atelier cuisine. D'un lecteur CD installé dans un coin du salon sortait une musique hawaïenne propice à l'évasion et à la rêverie. Ils avaient invité le directeur et Alex pour le cocktail. Sarah était invitée pour toute la soirée.

Il restait une demi-heure pour s'habiller et se maquiller. Colette avait apporté quelques paréos et des fleurs en papier. Le déguisement n'était pas obligatoire. Elle souhaitait juste que chacun mette une fleur dans ses cheveux ou derrière son oreille. Certains garçons s'étaient procuré des chemisettes à fleurs. Elle avait interdit le maillot de bain et le torse nu. Par contre, shorts et tongs étaient les bienvenus. Elle fit un tour dans toutes les chambres pour voir si quelqu'un avait besoin d'aide. Les garçons souhaitaient se débrouiller seuls. Chez les filles, la ruche était en pleine effervescence :

– Colette, tu peux venir me faire une tresse africaine, j'y arrive pas ?

– Je viens !

– Colette, la fleur, je la mets dans mes cheveux ou derrière l'oreille ?

– Où tu veux, les deux sont jolis !

– Colette, viens voir ! Tu crois qu'elle me va bien cette robe ?

– Mais oui, elle est parfaite !

– J'ai perdu une chaussure !

– Cherche-la, elle ne s'est pas envolée !

– Colette, j'arrive pas à installer mon paréo. Y fait que tomber !

– Colette, tu crois que je suis assez maquillée ?

– Tu peux même en enlever, il y en a beaucoup trop !

Soudain elle réalisa qu'Aline n'avait rien demandé. La porte de sa chambre était fermée, et aucun bruit ne filtrait. Ça ne lui disait rien de bon. Elle frappa, pas de réponse. Elle ouvrit tout doucement la porte. Elle s'aperçut qu'Aline pleurait sans bruit sur son lit en serrant son doudou dans ses bras.

– Qu'est ce que tu as ?

– J'irai pas à la fête ?

– Je ne comprends pas, tu avais l'air contente quand on a tout préparé ? Tu m'as même bien rendu service en m'aidant à la cuisine ! J'ai gagné un temps fou grâce à toi !

– J’ai rien à me mettre et je suis « une grosse vache ». Je veux pas me déguiser.

– Mais tu n’es pas obligée de le faire. Je souhaite seulement que tout le monde porte une fleur dans les cheveux ou derrière l’oreille, pour avoir l’air plus tahitien.

– Je vais surtout avoir l’air con !

– Qu’est ce que ça peut faire, puisqu’on aura tous l’air con ! Même moi !

Aline sourit.

– Je sais pas comment me coiffer ?

– Ne t’inquiète pas ma biquette, Super Colette va te faire une méga coiffure d’urgence ; mais il ne faut pas trainer, on n’a plus beaucoup de temps ! On commence ?

– Ouais, d’accord !

Après un bon shampoing et un brushing sur ses cheveux longs, elle avait accroché une sorte d’hibiscus en papier avec une pince dans ses cheveux.

– Alors jeune demoiselle, comment vous trouvez vous ?

– Très bien madame !

Elle fit une révérence en riant. Ouf ! Elle rentrait dans le jeu et c’était le plus important. Dans son ancien foyer, elle n’avait jamais terminé une soirée sans avoir saboté l’ambiance par une crise de nerfs. Elle était une véritable bombe à retardement. Colette gardait pourtant l’espoir qu’elle passe un bon moment jusqu’au bout.

Les premiers invités arrivèrent. Ils furent accueillis avec des colliers de fleurs (symbole de bienvenue à Tahiti) par le « serveur, créateur de cocktail » qui les emmena jusqu'à la table de ses créations. Alex et le directeur étaient vêtus d'une chemisette à fleurs. Colette leur était très reconnaissante de s'être prêtés au jeu. Ils étaient stupéfaits et conscients du gros effort et de la qualité du travail que les jeunes avaient fournis. Sarah n'étant toujours pas arrivée, Colette proposa de prendre un verre en l'attendant.

Le directeur félicita les jeunes et regretta sincèrement de ne pas rester dîner. Les odeurs de massales, de piment et de curcuma qui se dégageaient de la cuisine affolaient ses papilles et incitaient au voyage. Les jeunes fiers de leur apparence se pavanaient devant Alex et le directeur, qui ne manquaient pas de les complimenter. Leur plus grosse difficulté était de s'exprimer correctement. C'est au deuxième verre que Sarah arriva. Elle était visiblement énervée. Les jeunes étaient déçus, car elle n'avait fait aucun effort pour sa tenue. Son décolleté plongeant ainsi que sa jupe trop courte frisaient l'indécence pour une éducatrice au travail.

L'image que les éducatrices renvoyaient avait une importance capitale dans leur métier. La vision de la femme était suffisamment dégradée. Il n'était pas utile d'en rajouter une couche. En aparté, Alex lui fit remarquer pour la énième fois. Elle réclama un verre et s'assit dans le canapé jambes croisées. Le directeur les quitta en félicitant Colette, et en leur souhaitant une bonne soirée. Alex le suivit. Il regardait Sarah avec un air furieux. Le départ des invités et l'effervescence de Sarah avaient un peu cassé l'ambiance. Il était temps de se mettre à table. Colette soupçonnait Sarah d'avoir usé et même abusé de boissons alcoolisées avant son arrivée. Son comportement tendait à le laisser penser. C'est à ce moment-là, qu'Aline fit son apparition.

Aline s'était maquillée outrageusement. Le rouge vif de ses lèvres débordait de tous côtés. Ses yeux étaient cerclés d'une épaisse couche de crayon noir. Son mascara coulait sur ses joues aussi rouges que ses lèvres. Elle portait un tee-shirt blanc, maculé de tâches diverses. Elle s'était noué un paréo autour de la taille. Elle était pieds nus. C'était pathétique. Aucun jeune n'avait osé faire de commentaires. Elle souriait et Colette était sûre qu'elle avait fait de gros efforts pour s'appliquer, mais avec ses problèmes de coordination le résultat était prévisible. Elle venait pourtant de franchir un grand pas pour s'intégrer dans la vie du groupe. Cette démarche avait dû être très difficile. Colette était contente.

Elle allait à sa rencontre pour rectifier son maquillage. Avec un peu d'humour, elle accepterait les remarques. Malgré son comportement caractériel, Aline savait faire preuve d'autodérision ; mais pour en arriver là, il fallait marcher sur des œufs. Ceux qui n'avaient pas compris sa façon de fonctionner n'avaient aucune chance de communiquer avec elle. Si seulement Colette avait eu le temps de réagir plus vite, elle aurait peut-être pu sauver la situation. Sarah se mit à hurler : « Fous le camp dans ta chambre, on n'a pas dit qu'on faisait une soirée clown ! Tu reviendras quand tu seras correcte ! »

Aline ne comprenait pas, elle regardait Colette étonnée : « Mais qu'est ce que j'ai fait ? » Colette répondit doucement : « C'est juste ton maquillage qui a besoin d'être un peu rectifié. On va arranger ça ! Viens avec moi ! » Sarah intervint : « T'es devenue folle ou quoi ? Tu ne vois pas qu'elle s'est habillée en « pute » juste pour nous emmerder ! »

Aline resta figée un moment, puis explosa de fureur et surtout de douleur. Son cœur venait encore de voler en éclats. Elle ne savait pas contrôler ses émotions. Ses pleurs se mêlaient à ses cris. Elle se tirait les cheveux, se griffait le visage en répétant que ce n'était pas vrai. Aline était une écorchée vive. Sarah venait d'enfoncer un peu plus profondément le couteau dans la plaie. Sarah continua : « Bien sûr mademoiselle va nous faire sa crise ! T'es contente ? T'as bien gâché notre soirée ? »

Colette prit Sarah par un poignet, suffisamment fort pour qu'elle se tourne vers elle. Tout en la regardant dans les yeux et le plus calmement possible, elle lui dit : « Maintenant tu vas la fermer. Je te préviens, si tu continues à t'acharner sur elle, c'est toi qui va avoir des ennuis ! » Elle avait beaucoup de mal à se maîtriser, mais elle y parvint. Elle sentit la grande assurance de sa collègue se fissurer. Sarah aimait se donner en spectacle, même devant les jeunes, et surtout quand elle était alcoolisée, ce qui arrivait rarement, heureusement. Sarah savait qu'elle n'avait aucune chance de faire sortir Colette de ses gonds. Leurs problèmes se régleraient entre adultes.

Colette essaya de s'approcher d'Aline pour tenter de la calmer. Elle était de retour dans son univers de haine et de violence. Plus rien d'autre n'existait. Elle ne la voyait plus et crachait des injures à qui voulait s'approcher d'elle. Les jeunes s'étaient réfugiés dans leurs chambres. Les cris avaient alerté Alex qui les avait rejoints. Ils étaient tous impuissants. Aline pouvait devenir dangereuse. Alex prit la décision d'appeler l'hôpital. Deux infirmiers psychiatriques vinrent la chercher 20 minutes plus tard.

Ils la maîtrisèrent sans ménagement. L'un d'eux lui injecta un sédatif puissant qui la calma rapidement.

Le silence qui suivit son départ paralysa Colette. Elle dut faire un effort énorme pour se rendre jusqu'aux toilettes reprendre ses esprits. Alex était livide. Les jeunes sortaient prudemment de leur chambre en demandant ce qu'on allait faire à Aline. Colette leur dit simplement qu'elle allait se faire soigner et qu'elle espérait qu'Aline reviendrait bientôt en pleine forme.

Sarah ne disait rien. Colette espérait qu'elle se rendait compte de la gravité de ses actes. Il était 20 heures 30. Elle était assise, comme si rien ne s'était passé, et finissait tranquillement son verre. Il fallait que quelqu'un fasse réagir un peu tout le monde. Alex augmenta le volume du CD qui tournait en boucle. Petit à petit, les discussions reprirent. Alison lui proposa de rester dîner. Il accepta. Les jeunes étaient contents. Ils avaient tous besoin de la présence rassurante d'un homme. Le repas était délicieux, seulement le cœur n'y était plus. La boum fut rapide. Tout le monde donna un coup de main pour ranger. Colette remarqua que « le serveur » avait gardé une part de chaque plat et un verre de cocktail. Il avait pris soin de recouvrir le tout d'un film alimentaire. Il la regarda et dit : « C'est pour Aline ». L'émotion la rendit muette.

Les jeunes couchés, Alex demanda à Colette et Sarah de le suivre jusqu'à la porte d'entrée, et dit : « je vous attends toutes les deux demain à 9 heures dans le bureau du directeur ». En regardant Colette, il dit que le repas était vraiment délicieux. La veilleuse de nuit venait d'arriver. Après un rapide

« bonne nuit », chacun rejoignit son véhicule et regagna son domicile.

Il était 23 heures 30. Colette avait une demi-heure de trajet. Des larmes chaudes ruisselaient sur ses joues. Elle les laissa couler. Il était minuit quand elle se coucha sans sommeil, et sans bruit pour ne pas réveiller son mari.

Le réveil sonna à 6 heures 30. Rémi se réveilla. Les yeux encore fermés, Colette lui tendit ses lèvres pour un petit bisou matinal. Après ce bref mais indispensable instant de tendresse, il fallait faire vite. Tandis que lui partait en mer à 7 heures 30, elle devait assurer le lever des jeunes à la même heure. Des journées totalement différentes les attendaient, comme pour la plupart des gens.

A 7 heures 20, elle rejoignit la veilleuse de nuit. Elle était étonnée de n'avoir rencontré aucune difficulté pour le coucher. Colette était plongée dans ses pensées. Elle se disait que même si Sarah n'était pas d'accord, elle ferait une réunion avec les jeunes pour discuter des évènements de la veille. Leur docilité cachait des angoisses qu'il fallait évacuer. Le petit déjeuner fut le moment idéal. Colette avait pris l'habitude de le prendre avec eux. Elle aimait qu'ils soient tous réunis autour de cette table où chacun prenait le temps de se réveiller. Il y avait toujours une bonne odeur de pain grillé, de chocolat chaud, de lait et de confiture. C'était un de ces moments magiques qu'elle adorait passer avec eux.

Ce matin-là, un malaise planait. Alison qui avait perçu que sous son aspect imposant et parfois effrayant Aline pouvait être une camarade agréable, posa la première question :

– Quand ils l'ont emmené hier, elle bougeait plus. Elle est morte ?

– Mais non, t'as bien vu qu'elle dormait ! répondit un garçon. Hein, Colette ?

– Oui, elle dormait. La piqûre, c'était pour la calmer, pas pour lui faire du mal.

– C'est vrai qu'elle était pas bien maquillée, dit une jeune fille, mais elle ressemblait pas à une « pute ». On voyait même pas son « cul » ni ses « nichons ». Colette, pourquoi Sarah elle est tout le temps méchante ?

– Parce qu'elle nous aime pas, ajouta un autre jeune. Aline, elle la déteste. Elle peut pas regarder la télé tranquille quand elle est là.

– Moi, Aline elle me fout les chocottes quand elle se fout en boule !, dit Alison.

– Comme Sarah ?

– Oui, mais des fois on se marre bien avec elle !

– Avec qui ?

– Ben, avec Aline. En plus, elle raconte super bien les histoires.

– Colette, tu crois quelle va rester longtemps chez les fous ?

– Elle n'est pas chez les fous. Je pense qu'elle va revenir bientôt.

– Ben tant mieux, parce qu'on l'aime bien quand même !

– On peut lui écrire ?

– Bien sur !

– Cool ! On va demander à la maîtresse de nous aider !

Colette leur fit remarquer qu'il fallait se dépêcher, car l'heure tournait. Chacun savait ce qu'il avait à faire, mais il fallait les booster un peu pour qu'ils soient à l'heure. Cette conversation avait apaisé les esprits. Il était déjà 9 heures. Colette se rendit à la convocation. Alex et Sarah attendaient son arrivée.

Le Directeur les fit entrer et leur proposa de s'assoir. Alex fit un bref compte rendu des événements de la veille. Avant toute discussion Colette demanda des nouvelles d'Aline. Elle sut qu'elle avait passé une nuit paisible, que son traitement était modifié et qu'ils la récupéreraient le soir même. Sarah intervint et refusa qu'Aline revienne sur le groupe. Les jeunes en avaient peur. Ils souhaitaient qu'elle parte. Elle avait démontré une fois de plus par ses débordements incontrôlables, qu'elle n'était pas adaptée à notre structure et qu'elle était dangereuse. Alex souligna qu'avant l'arrivée de Sarah, la soirée avait plutôt bien commencée.

Cette entrée en matière ne convenait pas à Colette. Ils étaient là pour comprendre les dérapages de la veille et pour éviter que cela ne se reproduise. Ils avaient eu toute la nuit pour réfléchir. Ils devaient être capables de discuter sereinement. Voyant la tournure que prenait la conversation, Colette prit la parole :

– Il serait peut-être temps qu'on se pose les bonnes questions, au lieu de chercher un responsable ; par exemple : pourquoi cette gamine a pété les plombs ; est-ce qu'on aurait pu l'éviter ? Pour ma part, je pense que oui, on aurait pu l'éviter. Il aurait fallu pour ça, Sarah, que tu t'intéresses un peu plus à tout le travail et aux efforts que cette soirée a demandés. On n'était pas là que pour s'amuser. En amont, il y a eu un énorme travail éducatif. Tous les jeunes ont participé à leur niveau. Pour certains, comme Aline, c'était un gros effort de mener ce projet jusqu'au bout. On y était presque arrivé. Si tu t'étais donné la peine d'arriver à l'heure, ça t'aurait peut-être ouvert les yeux. Je venais de passer presque une heure à essayer de redonner à Aline un peu confiance en elle. Elle se déteste et déteste ce qu'on voit d'elle. Elle « ressemble à une grosse vache », dit-elle. Il m'a fallu de la patience pour qu'elle accepte que je la coiffe et que je lui accroche une fleur dans les cheveux. Elle s'est même fait un sourire dans le miroir. Le maquillage et le déguisement, elle n'en voulait pas. J'imagine l'effort qu'elle a dû faire pour se décider. C'est vrai qu'elle avait l'air d'un clown, mais j'ose espérer que tu connaissais ses problèmes de coordination ! Elle était fière d'elle. Il ne m'aurait fallu que quelques minutes pour rectifier son maquillage. Pour une fois, elle était H.E.U.R.E.U.S.E. Même les jeunes s'en étaient aperçus. Il n'y a que toi qui n'a rien vu ; et en plus tu l'as humilié.

– N'exagère pas ! Je reconnais que j'ai fait une gaffe, mais ça peut arriver à tout le monde !, rétorqua Sarah.

– NON ! Ce que tu lui as dit n'est pas digne d'une Educatrice Spécialisée. Tu veux que je te rafraichisse la mémoire ?

– Bon, je regrette. Je n'aurais pas dû lui dire qu'elle ressemblait à un clown !

– Et la suite, tu l'as oubliée ?

– Quelle suite ?

– Alors là, vraiment, tu me dégoutes ! Tu lui as dit qu'elle s'était habillée en « pute », juste pour « nous emmerder ».

– Je ne m'en souviens pas !

Colette se tourna vers le directeur d'un air accablé. Il prit la parole :

– J'ai de bonnes raisons de croire ce que Colette vient de nous apprendre. Vos paroles, Sarah, ont été entendues par d'autres personnes. Avant de continuer, je voudrais quand même vous rassurer Colette. Ne soyez pas trop négative. Tout comme Alex, j'ai pu apprécier la qualité et le sérieux du travail de votre groupe. Il y a longtemps que des soirées à thème n'avaient pas été organisées. Je reconnais que c'est l'une des plus réussies. Pensez à tous ces jeunes qui ont passé un moment agréable, malgré ce déplorable incident.

– Je regrette Monsieur le directeur, mais ce n'est pas l'impression que j'ai eue ce matin au lever.

– Leur seule préoccupation, c'était Aline, précisa Colette. Certains pensaient même qu'elle était morte, quand ils l'ont vu endormie sur le brancard. L'un d'eux a gardé sa part de repas pour le cas où elle reviendrait rapidement. Alison a proposé de lui écrire une lettre au nom du groupe, avec l'aide de leur instit. Ils étaient tous d'accord.

Elle se tourna vers Sarah pour lui dire :

– Hier soir, c'est toi qui l'as mise en danger ainsi que tout le groupe. J'espère au moins que tu parviendras à en prendre conscience. Je suppose que nous devons continuer à travailler ensemble, ajouta-t-elle. ? Aussi, je demande à être officiellement « référente » d'un tiers des jeunes internes du groupe, dont Aline. Toute décision les concernant devra passer par moi. Je n'en prendrais pas plus, puisque je ne travaille qu'à mi-temps. Je te laisse, Sarah, le reste du groupe puisque tu es l'éducatrice spécialisée responsable. Avant de terminer je souhaiterais te rappeler que la seule personne qui avait une tenue vulgaire hier soir, c'était TOI.

Il y eut un grand silence qui ne sembla pas la perturber. Ce silence fut interrompu par le directeur :

– Je réfléchis à votre demande et vous aurez rapidement une réponse par courrier.

– Si vous n'avez plus besoin de moi, dit Colette, je souhaiterais me retirer, j'ai des rapports à terminer.

– Bien sûr Colette, allez-y !

Colette quitta le bureau fatiguée. Avant de retourner sur son groupe, elle s'arrêta à l'infirmerie. Valérie faisait une pause en se servant un café. Elle s'était installée une cafetière électrique dans une petite salle où elle avait sa pharmacie.

– Tu as l'air fatigué ma grande. Je te sers un café ?

– Oh, oui merci. J'en ai besoin. Ça va peut-être calmer un peu ma migraine !

– Encore ? En ce moment, c'est tous les jours. Je veux bien te donner quelque chose, mais on a tout essayé. Rien ne te soulage. Tu devrais voir un neurologue.

– Je sais, je sais, il faut que je le fasse. Tu es au courant pour Aline hier soir ?

– Tout le monde ne parle que de çà !

– Et alors ?

– Comme d'habitude, il y a les inconditionnels de Sarah, et puis ceux qui n'osent rien dire. La plupart voudrait qu'Aline ne soit plus là. Elle dérange, tu comprends ?

– Je ne sais plus où j'en suis ni quoi faire. Si on laisse tomber cette gamine, elle est foutue !

– Dis moi, tu le vois quand ton psy ?

– Je crois que c'est demain !

– Tant mieux ce ne sera pas du luxe, tu verrais ta tête. On ne peut pas sauver tout le monde. C'est dur, mais c'est comme çà !!

– Bon, merci pour le café, il faut que j'y aille !

Arrivée sur le groupe, sa migraine était tellement forte, qu'elle dut s'allonger sur le lit de la veilleuse de nuit. La lumière l'agressait. Elle avait des nausées. Elle s'endormit. C'est Alex qui la réveilla en montant les escaliers. Il lui dit :

– Ça ne va pas ?

– C'est rien, juste une migraine.

– Je suis venue te dire que Sarah vient d'avoir un blâme, et que c'est d'accord pour ta demande de « référent. »

– Merci Alex, mais ça ne change pas grand-chose au problème. Sarah fera ce qu'elle voudra quand elle sera avec le groupe.

– Tu sais bien qu'on n'est que deux. On n'est pratiquement jamais ensemble. En plus, elle sabote tout mon travail.

Colette devait vraiment avoir l'air épuisé pour qu'Alex lui dise :

– Rentre chez toi et repose-toi, je m'occupe des jeunes ! »

– Oui, merci, j'en ai besoin, j'y vais !

*

*   *

Dans la salle d'attente du psychothérapeute, tout se mélangeait dans sa tête. Colette éprouvait un « mal-être » terrible. Tout allait de travers : son travail et sa vie de famille. Elle se trouvait moche. Elle avait pris 10 kg en mangeant du chocolat pour calmer ses angoisses.

La veille, en rentrant du boulot, elle s'était fait peur en voiture. Elle roulait en ressassant tous ses problèmes et en se persuadant qu'elle était nulle en tout. Cette migraine qui lui martelait le crâne n'en finissait pas de la faire souffrir. Sans vraiment s'en rendre compte, elle vit un arbre au loin. Elle était sur une route de campagne. Elle ferma les yeux et accéléra. Soudain, elle réalisa ce qu'elle faisait. Elle pensa à Rémi et à ses enfants. Elle freina en ouvrant les yeux et s'arrêta sur le bord de la route. Elle tremblait, pleurait et se culpabilisait encore plus. Elle avait l'impression de devenir folle.

C'était à son tour, et elle entra dans le cabinet du médecin. Il la fit assoir. Elle le voyait depuis plus de deux ans. Il l'avait aidé à faire le deuil de sa sœur aînée, décédée bien trop jeune, et à résoudre bien d'autres problèmes. Elle avait confiance en lui et il ne l'avait jamais déçue.

Comme d'habitude, il attendait qu'elle parle la première. Il savait qu'elle ne supportait pas les longs silences. Elle prit rapidement la parole :

– Docteur je ne vais pas bien du tout !

– J'avais remarqué Colette !, dit-il d'un ton légèrement ironique et provocateur à la fois qui faisait tomber la pression.

Systématiquement il rapprochait d'elle la boîte de mouchoirs en papier qui était toujours sur son bureau.

Son visage serein respirait l'empathie et inspirait confiance. Contrairement à bon nombre de ses confrères, il était bavard et elle aimait ça. Le terme « bavard » n'a rien de péjoratif. Entre le patient et lui, s'instaurait un vrai dialogue.

Colette admirait sa faculté d'écoute, sans montrer la moindre lassitude. Il la regardait tout en tapant leur conversation sur son clavier d'ordinateur. Même si son discours était confus, si ses mots ne traduisaient pas forcement sa pensée, il retrouvait toujours le fil conducteur qui la remettait sur les rails.

Ce jour-là, elle déballa en vrac tout ce qu'elle avait sur le cœur. Elle lui raconta tous ses problèmes, leurs conséquences sur elle et sur ses proches, sur les jeunes et ses collègues. Elle insista sur ses doutes, ses craintes et ses contradictions qui la déstabilisaient. Elle évoqua aussi sa réaction sur la route la veille.

Il n'a pas cherché à dédramatiser la situation. Il s'est montré d'une fermeté qu'elle ne lui connaissait pas et lui dit : « je ne vous laisserais pas vous détruire, vous êtes en pleine dépression. Je vous mets sous antidépresseur. Si vous refusez, je vous mets d'office en arrêt de travail ».

Colette savait qu'il fallait qu'elle accepte son traitement, mais elle ne voulait pas d'arrêt de travail. Elle avait encore tellement de choses à faire… Il lui prit un rendez vous chez un neurologue pour ses migraines.

Ils avaient souvent parlé de ses conditions de travail qu'il trouvait inacceptables. Elle en était à son 99e CDD, et toujours pas de CDI. Ce jour-là, Colette lui demanda de l'aide sur le plan professionnel. Sarah détruisait tout ce qu'elle faisait, et elle avait besoin de savoir si son travail avait du sens. Sans hésiter, il accepta. Il lui demanda toutefois de réfléchir sérieusement à ce qui comptait le plus dans sa vie. Il lui donna un autre rendez vous trois semaines plus tard, ainsi qu'une ordonnance avec le traitement à prendre. Elle partit un peu plus sereine. Elle réfléchit longtemps à ce qu'il venait de lui demander.

*

*   *

A son retour au foyer, Aline était revenue apaisée par les calmants, et une fois de plus désireuse de se reprendre en main. Elle avait appris très jeune à dissimuler ses souffrances pour ne pas attiser la vengeance des adultes autoritaires. Comme tous les enfants maltraités, elle était prête une fois de plus à se soumettre pour se faire accepter.

Colette espérait que de son coté Sarah avait fait son mea-culpa. Au lieu de ça, Alex lui apprit qu'elle ferait trois soirées au lieu de deux par semaine. Sarah venait de se venger efficacement.

Rémi supportait de moins en moins cette vie de famille décousue et les enfants aussi. Elle se sentait de plus en plus coupable. Colette aimait sa famille plus que tout, et aussi son travail, même s'il devenait de plus en plus difficile.

Un soir Aline s'installa dans le bureau. Colette voyait qu'elle voulait lui demander quelque chose, mais elle n'osait pas.

– Dis-moi ce qui te tracasse ma grande !

– Ben, voilà ! J'aimerais bien passer un week-end chez ma sœur. J'ai envie de voir mon petit neveu !

– Je sais que c'est prévu dans ton contrat, mais il faut d'abord que tu le demandes au directeur.

– J'y vais tout de suite.

– Aline, reviens. Tu sais que pour le voir, il faut prendre un rendez-vous avec la secrétaire ?

– Ah oui, c'est vrai. J'avais oublié ! Bon ben, j'y vais !

– Aline, tu as oublié le plus important !

– C'est quoi ?

– Tu es sûre que ta sœur est d'accord ?

– Elle le sait pas encore, mais je suis sûre qu'elle sera d'accord !

– Et si on lui téléphonait pour s'en assurer ?

– Oui, mais…. c'est toi qui le fais !

– OK, vas me chercher son numéro s'il te plait !

Colette appela cette sœur qui devait soi-disant l'accueillir à bras ouverts ! Elle lui expliqua le désir d'Aline. Elle sentait nettement que ça n'avait pas l'air de la réjouir. Elle n'accepta de la recevoir que le samedi après midi.

Aline était déçue. Colette lui fit comprendre que, pour une première fois, ce n'était pas si mal, et que de toute façon c'était çà ou rien. Il lui fallait encore l'autorisation du directeur. Ce dernier lui accorda sans trop de difficulté, à condition qu'elle soit rentrée à 19 heures au foyer des Lilas. Il se chargerait de les prévenir.

Colette n'était pas très enthousiaste. Aline était encore bien trop fragile pour qu'on puisse lui faire confiance. Pour avoir une famille, Aline était prête à tout, même à subir les pires humiliations. Bien sûr, elle était pleine de bonne volonté et ferait des efforts pour se contrôler. Sa sœur était inquiète pourtant. Elle connaissait bien Aline.

Colette savait aussi qu'à la moindre contrariété, la situation pouvait devenir ingérable. Le directeur n'avait pas l'air d'avoir mesuré tous les paramètres avant de prendre sa décision. Il avait donné son accord. Elle ne pouvait plus revenir en arrière. Aline partirait du foyer des Lilas. Colette savait qu'en cas de problèmes, ils ne seraient d'aucun secours.

Colette s'était promis de passer un week-end loin des soucis du travail. Elle en avait un besoin vital. Personne n'est indispensable. Elle devait s'en convaincre. Le psy lui avait conseillé de partir quelques jours avec Rémi, dans un endroit isolé où ils ne seraient que tous les deux. C'était une excellente idée. Ils avaient besoin de retrouver la complicité qui les unissait. Il n'est pas besoin de partir loin pour être dépaysé. La météo était bonne. Un petit week-end en mer serait parfait

Rémi avait joliment restauré un vieux bateau en bois qui finissaient ses jours sur un îlot. Il lui avait fallu plusieurs années de travail et de passion pour réaliser ce rêve. Il savait que Colette avait très peur de l'eau et de la gite sur un bateau. C'est pourquoi, à chaque étape de la restauration, il pensait à son confort et à sa sécurité. Il espérait ainsi la réconcilier avec la mer. Ce bateau, il le voulait convivial, sécurisant et original.

En grand amoureux de la marine traditionnelle, il avait lui-même fait les plans du gréement aurique. Sur ce bateau, on naviguait à l'ancienne. Colette s'était rapidement habituée à ce genre de navigation, physique et authentique. A son grand étonnement, elle découvrit un plaisir immense quand elle était à la barre. Rémi ne pouvait que s'en réjouir.

Ce week-end en mer fut un pur bonheur pour tous les deux. Le soir, ils firent escale dans un petit port sur une île proche du continent. Ils s'offrirent un bon repas au restaurant. Ils redécouvrirent le plaisir d'être ensemble. Cette escale avait quelque chose de magique. Ils oubliaient tout. Le temps ne comptait plus. Avant de rentrer se coucher à bord, ils firent une promenade sur la grève. C'était reposant. Seul le bruit de la mer se mêlait au cri des mouettes.

Colette adorait dormir sur ce bateau. Rémi leur avait réalisé une couchette double où, serrés l'un contre l'autre, ils s'endormaient amoureusement. Ils avaient pris l'habitude de prendre leur petit déjeuner à la terrasse d'un café et de reprendre la mer dès que la marée le permettait. Ils savouraient chaque seconde en étant conscients que c'était ça le bonheur.

Plus on se rapprochait de la terre et plus Colette sentait une boule d'angoisse l'envahir. En posant les pieds sur la terre ferme, la magie avait disparu. Rémi lui aussi devait ressentir la même chose. De nouveau, un malaise planait. Sur le chemin du retour, ils ne se dirent pas un mot. Le soir à table, ils se remémorèrent les heures qu'ils venaient de vivre, ce qui leur permit d'adoucir la soirée.

Le lendemain, elle prit son service comme tous les lundis matin. En principe, elle était la première. Elle disposait d'une petite heure avant que les jeunes arrivent. Elle en profitait pour ouvrir les volets, faire du café et lire le cahier de liaison.

Ce matin-là, en descendant de sa voiture, elle aperçut un sac sous l'escalier et vit une forme roulée en boule sur le sol qui remua en l'entendant arriver : « C'est toi Colette ? J'ai froid. » Elle reconnut la voix d'Aline.

– Qu'est-ce que tu fais là-dessous ? Depuis quand es-tu ici ? Depuis hier soir ?

– Quoi ? Mais que s'est t'il passé ? Viens te mettre au chaud, tu vas déjeuner et ensuite tu m'expliques !

Colette était énervée. A peine arrivée, déjà les problèmes commençaient. Elle se ressaisit rapidement. Elle prépara un chocolat avec des biscuits pour Aline qui était allée directement dans sa chambre. Aussitôt, le téléphone sonna :

– Allo, bonjour Madame ? Je suis la sœur d'Aline, vous êtes bien son éducatrice ?

– Oui, mais que se passe t'il ? Attendez, je vais fermer la porte !

– Est-ce qu'Aline est avec vous ?

– Oui, elle est ici. Visiblement elle a dormi sous l'escalier du groupe.

– Ouf ! Je suis rassurée ! Mais en même temps, j'ai peur !

Colette entendait la douche qui coulait ce qui leur donnait un peu de temps pour parler.

– Que s'est-il passé ? Il faut que je sache avant d'en discuter avec elle. C'est très important !

– Je sais, mais c'est difficile, car je n'étais pas là quand ça s'est passé ! Et puis après j'espère.... ? Oh non, pourvu qu'elle n'ait pas fait ça !!!

– Mais enfin de quoi parlez-vous ? Nous n'avons pas beaucoup de temps, Aline est sous la douche !

La jeune femme essaya de retrouver son calme et raconta : « bon, alors voilà ! Comme prévu, Aline est arrivée en début d'après midi. Il y avait longtemps que je ne l'avais pas vu si joyeuse. Elle avait amené un petit jouet pour mon fils Noa. Ça m'a fait plaisir qu'elle y ait pensé. » Colette n'osait pas l'interrompre, mais elle voulait en venir au plus vite à l'essentiel. La jeune femme continua : « Noa dormait. Nous sommes quand même allés dans sa chambre pour le voir. Elle était ravie. Elle trouvait que c'était le plus beau bébé du monde. Nous l'avons laissé dormir. Je lui ai offert un thé. On a un peu parlé d'elle. Comme tout semblait normal, je lui ai proposé de garder le petit juste un moment pour aller faire deux ou trois courses. Il dormait, elle n'avait rien à faire. Je suis partie une demi-heure environ. A mon retour, j'entendais un bébé hurler depuis la cage d'escalier. J'habite au 4e étage sans ascenseur. J'ai laissé toutes les courses en bas. Je me suis précipitée chez moi. Je suis entrée en trombe pour me précipiter dans la chambre de Noa. Aline le tenait dans ses bras. Il criait très fort. Tout en pleurant, elle ne cessait de répéter : « C'est pas moi qui ait tapé la tête du bébé contre le mur ». Je lui ai arraché Noa des bras. Il avait une énorme bosse sur la tête. J'ai hurlé à Aline de foutre le camp et de ne jamais revenir. J'ai mis Noa dans son couffin. Une voisine alertée par le bruit est arrivée. Je ne savais plus ce que je devais faire. Elle a saisi le couffin. J'ai eu le réflexe d'attraper le carnet de santé du petit, et nous avons filé aux urgences avec sa voiture. Les médecins l'ont gardé tout le reste du week-end en observation. Je suis restée avec lui tout le temps. Heureusement il n'a rien de plus qu'une bosse. Nous sommes rentrés dimanche en fin d'après midi. J'étais épuisée. Ce n'est que ce matin que j'ai pensé à Aline et que je me suis inquiétée. Voilà, c'est tout ce que je peux vous dire. Dites lui bien que je ne porterai pas plainte. Si vous arrivez à parler avec Aline, j'aimerais bien comprendre ce qu'il s'est passé ! »

Il était 8 heures du matin. Colette était déjà submergée par une situation qui allait donner lieu à toutes les interprétations possibles et imaginables. Elle avait déjà été échaudée à plusieurs reprises ces derniers temps. Elle ne se faisait plus beaucoup d'illusions.

Pour l'heure, l'urgence c'était Aline. Dans quelques minutes, vingt jeunes allaient arriver avec eux aussi leur lot de problèmes. Elle serait seule pour gérer les situations. Heureusement, toutes ne seraient pas aussi dramatiques. Chacun avait le même droit à son attention. C'était son devoir de les écouter. Les cas les plus graves n'étaient pas toujours les plus démonstratifs, au contraire ! Il fallait prendre son temps pour décoder un malaise ou un drame.

Comment faire, lorsque vous êtes seule avec vingt ados qui arrivent en même temps, et que vous ne disposez que d'une demi-heure avant qu'ils ne partent en classe ou en atelier ? Le problème avait souvent été soulevé, mais jamais réglé. Pour Colette c'était professionnellement très difficile à vivre. Dans de telles conditions, son travail avait-il encore du sens ?

Elle rejoignit Aline qui avait déjà dévoré gloutonnement le paquet de biscuits et qui s'attaquait maintenant à des céréales d'une fraîcheur douteuse. La figure barbouillée de chocolat, elle sursauta en la voyant apparaître.

– Comment s'est passé ton weekend, Aline ?

– Très bien ! J'ai joué avec mon neveu. Tu verrais comme il est mignon ! Ma sœur m'a dit de revenir quand je veux.

Elle était dans le déni total.

– Ta sœur vient de me téléphoner, Aline. Je sais tout. Maintenant, j'attends que tu m'expliques et vite ! Si tu cherches à m'embrouiller, j'appelle immédiatement la police.

Colette n'avait pas le choix. C'était trop grave. Il fallait qu'Aline sache qu'elle n'était pas dupe. Elle venait de parler fermement, sans méchanceté, mais inébranlablement. Aline semblait désorientée. Elle était sur le point d'exploser quand Colette saisit le téléphone et commença à faire le numéro de la police. Toutes les deux savaient que Colette irait jusqu'au bout. Le défi mutuel ne dura que quelques instants. Aline éclata en sanglots. Une vallée de larmes ruisselait sur son visage décomposé par le chagrin.

– Je dois savoir Aline, sinon d'autres personnes te poseront des questions. Si je ne sais rien, je ne pourrais pas t'aider ! Que s'est-il passé avec le bébé ?

– Je te jure que j'ai pas voulu lui faire du mal !

– Quand ma sœur est partie, je suis retournée voir Noa, il est tellement beau. J'ai voulu le prendre dans mes bras juste pour l'embrasser. Tu sais, j'ai fait très attention ! Tout d'un coup il s'est mis à pleurer, alors je l'ai bercé en chantant ! Je savais qu'on fait comme ça avec les bébés, mais il criait de plus en plus fort. Alors je l'ai bercé très fort, et c'est là que sa tête a cogné le mur. J'avais peur, heureusement que ma sœur est arrivée. Là, je n'ai pas compris. Elle m'a pris Noa. Elle m'a fichue dehors, en criant qu'elle ne voulait plus me voir. »

– Ensuite Aline, où es-tu allée ? On n'était que samedi après-midi. Qu'as-tu fait jusqu'à ce que je te trouve ce matin ?

– Au début, j'ai couru, je n'avais pas fait de mal à Noa. C'est pas moi qui lui ai tapé la tête contre le mur ! »

– Je comprends, c'était un accident ! Rassure-toi, il va bien ! Mais ensuite Aline, ensuite qu'as-tu fait ?

– Je peux pas le dire, tu vas me disputer, j'ai trop la honte !

– Écoute-moi bien. Tu sais que je suis capable de tout entendre. Même si c'est grave, j'essayerai de comprendre. Même ta sœur était inquiète pour toi. C'est pour ça qu'elle a téléphoné ce matin. Et si elle s'inquiète, c'est qu'elle t'aime toujours. Si elle s'est mise en colère, c'est qu'elle aime Noa. Elle a eu peur pour lui ! Tu peux comprendre çà ?

– Oui !

– Tu veux bien me raconter maintenant ?

– Non je peux pas.

– D'accord, je n'insiste pas. Je vais rappeler ta sœur pour qu'elle comprenne ce qui s'est passé avec Noa. A moins que tu lui dises toi-même ?

– Oui, mais reste avec moi ! Mets le haut parleur, s'te plait.

Aline raconta son histoire à sa sœur Delphine. Sans le moindre doute, elle l'a cru sur parole. Ensuite, cette dernière lui demanda, hésitante :

– Ensuite, tu n'es pas allé chez lui au moins ?

– Si, et j'aurais pas dû ! Je voulais tellement voir ma famille, comme tout le monde ! C'est quand même mon père !

Delphine hurla en pleurant : « NONNN !!!! C'est une ORDURE !!! » Elle se calma d'un seul coup, et d'une voix métallique, froide et effrayante, elle demanda

– C'était sa soirée belote, avec ses copains ?

– Oui, mais je pouvais pas savoir, moi ?

– Ils t'ont pas… ????

– Si tous !, répondit Aline tristement. Il a téléphoné au foyer des Lilas pour dire que je dormais chez lui ! Ils étaient complètement saouls quand je me suis enfuie. » Aline sanglota.

– DIS-LE A TON EDUCATRICE, OU C'EST MOI QUI LE FAIS, hurla Delphine.

Aline donna le téléphone à Colette. Avant même que Delphine raconte ce qui avait dû se passer chez son père, Colette avait déjà devinée. Plus de la moitié des enfants de l'institution avait subi des violences sexuelles pendant leur enfance ou petite enfance, c'est-à-dire avant l'âge de six ans. La première fois, Delphine n'avait que 5 ans, et Aline avait été épargnée jusqu'à l'âge de 8 ans.

Pendant que Delphine et Aline racontaient sensiblement la même histoire, Colette prenait des notes qu'elle allait devoir remettre à sa hiérarchie. La machine judiciaire allait se mettre en marche une fois encore avec son lot d'interrogatoires traumatisants. Ce serait ensuite le tour des psys. Bien sûr, les violeurs seraient mis hors de nuire, mais qu'allait devenir Aline, si fragile ?

Elle allait devoir subir un examen gynécologique. C'était même la priorité des priorités. Colette la confia à Valérie qui se remettait juste d'une précédente tentative d'examen quelques semaines plus tôt, après un épisode sordide dont Aline était encore l'actrice. L'examen n'avait pas pu se faire.

Aline avait tellement eu peur. Elle était dans un tel état de panique que personne n'avait pu l'approcher. La gynécologue avait même pris un coup de poing en pleine figure qui l'avait bien sonnée. Cette soirée-là, c'était encore Colette qui avait dû gérer la situation, parce qu'elle était de service.

*
*   *

C'était un jeudi. Il devait être environ 22 heures. Tous les jeunes allaient se coucher. La soirée avait été plutôt agréable. Colette passait joyeusement dans les chambres pour souhaiter à chacun une bonne nuit et bavarder quelques instants.

Pour rien au monde elle n'aurait fait autrement. Chaque enfant avait son propre rituel pour s'endormir. Colette les connaissait tous et les respectaient. Leur point commun, c'était ce besoin d'être rassuré pour affronter les angoisses de la nuit. C'était même devenu un jeu : certains essayaient de la piéger en échangeant leurs doudous. Jusqu'à présent, personne n'y était arrivé. Ce soir-là, elle avait commencé par les chambres des garçons. Elle variait chaque fois pour éviter tout sentiment d'exclusion.

Sarah trouvait ce rituel ridicule. Son mot d'ordre était : « Bon, maintenant, tout le monde au lit, et je ne veux plus entendre un bruit, sinon ça va aller mal ! » Tu vois Colette, ça fait 30 ans que ça marche ! Toi, tu les infantilises ». Colette aurait voulu lui dire qu'elle avait agi avec ses propres enfants comme elle agissait avec les jeunes de l'institution, et qu'ils étaient devenus des adultes responsables et équilibrés ; mais à quoi bon ?

Après les chambres des garçons, elle se rendit dans la partie réservée aux filles, quand elle entendit des cris venant des toilettes : « Beurk, c'est dégueulasse, Colette viens voir, vite !!! » Colette arriva en courant. Le spectacle était effectivement peu ragoutant : les toilettes étaient couvertes de sang. Il y en avait dans la cuvette, sur le rond des toilettes, par terre. Des traces maculaient les murs. Ce qui intrigua le plus Colette, c'est que le manche et la brosse de nettoyage en étaient également couverts.

Sa première réaction fut d'éloigner les jeunes filles qui, curieuses de voir ce qui se passait, étaient vite descendues de leur lit. Avant de les renvoyer se coucher, Colette demanda si l'une d'elles avait ses règles, ce qui aurait été tout à fait probable. La prise de conscience de l'importance de l'hygiène était un travail quotidien. Aucune d'elles n'était concernée ce jour-là.

Aline était la seule qui ne s'était pas manifestée. Colette ferma les toilettes à clé en attendant de les nettoyer. L'urgence n'était pas là. Il fallait d'abord savoir si quelqu'un était blessé et agir en conséquence. Elle refit le tour de toutes les chambres, y compris celle des garçons. Tout le monde avait l'air serein.

Elle frappa à la chambre d'Aline. Elle entendit un « entrez » à peine audible. Colette entra et lui posa la même question qu'à ses camarades. Elle répondit avec précipitation

– C'est presque fini !

– C'est toi qui as eu des problèmes aux toilettes ?

– NON ! AUCUN ! Laisse-moi ! Je veux me coucher ! ETEINS !

Colette comprit rapidement. En un éclair, elle se remémora l'inventaire des toilettes et revit mentalement la balayette ensanglantée. Elle sortit de la chambre, retourna dans son bureau et appela Rémi :

– J'ai des problèmes sur le groupe, ne t'inquiète pas, je rentrerai tard !

– Encore !!! C'est plus possible. On n'a plus de vie de famille !!!

– Je sais, mais je n'ai pas le choix. Bisous. Je fais au plus vite. Je t'aime.

Elle raccrocha le téléphone, et se prit la tête entre les mains. Comment allait-elle aborder le sujet avec Aline ? Elle entrevoyait deux possibilités pour qu'Aline ait utilisé la balayette : pour se faire du bien ou alors pour se faire du mal. L'automutilation est un phénomène qui n'est pas rare chez les jeunes victimes d'abus sexuels. Dans les deux cas, elle risquait de s'être blessé. Il fallait au moins qu'elle se nettoie avec un antiseptique. Le lendemain, l'infirmière aviserait. Ou alors fallait-il l'emmener aux urgences ?

Pour le moment, Colette n'en était qu'aux suppositions. Il était bien difficile de prendre une décision. Elle hésita à appeler son chef de service qui ne lui serait certainement pas d'un grand secours. La seule chose à faire était de demander à Aline ce qui s'était passé, en évitant de déclencher un cataclysme. Elle s'arma de courage. Il était 22 heures 30, et elle se trouvait dans une situation bien délicate. Aline ne dormait pas. Lorsque Colette entra dans sa chambre, elle ne sembla pas surprise. Comme d'habitude, la pièce ressemblait à une poubelle, mais pour ce soir, c'était le cadet de ses soucis.

– Aline, j'ai besoin de te parler. Ça ne peut pas attendre. Tu veux bien ?

– Tu vas me parler des toilettes, et tu veux que j'aille les nettoyer ?

– Oui, c'est de ça que je veux te parler, mais pour le nettoyage on verra après.

Le visage d'Aline se ferma. Colette continua le plus délicatement possible.

– C'est toi qui as mis du sang dans les toilettes ?

Un minuscule « oui » sortit de sa bouche.

– Est-ce que tu t'es blessée ?

– Non !

– Bon, alors je suis rassurée. C'est surtout ça qui m'inquiétais !

Aline commençait à se détendre et Colette aussi. Elle avait trouvé les mots qui allaient peut-être permettre de débloquer la situation. Elle lui sourit et continua :

– Je sais qu'on a beaucoup parlé de sexualité, sur le groupe et en classe. Rassure-toi, je ne vais pas remettre ça. Je ne vais pas non plus te demander ce qui s'est passé dans les toilettes. C'est ta vie, ça t'appartient. Par contre, moi, je suis responsable de ta santé. C'est pour çà que je suis obligée de te demander un minimum de choses. Tu auras juste à me dire oui ou non ou même simplement me faire signe de la tête. Est-ce que tu es d'accord ?

Aline baissait la tête honteuse. Les larmes commençaient à inonder son visage.

– Aline, tu n'as aucune raison d'avoir honte. Les toilettes sont des endroits sales pleins de microbes. Notre corps est fragile, mais il suffit parfois de peu de choses pour que tout redevienne normal. Est-ce que tu comprends ?

– Oui Colette !

Au même moment, la veilleuse de nuit arriva. Avec elle, le pire était à craindre. Ce n'était pas pour rien qu'on la surnommait « Le petit journal ». Colette prit les devants. Elle lui annonça que les toilettes étaient bouchées, c'est pourquoi ils étaient fermés à clé ; et que si elle était encore là si tard, c'est qu'elle avait un travail urgent à terminer. Ceci coupa court à toutes discutions.

Elle retourna avec Aline, en lui faisant signe de parler doucement. Aline apprécia cette complicité. L'interruption due à l'arrivée de la veilleuse de nuit avait cassé le rythme mais il fallait continuer.

– On reprend ?

– Oui, je veux bien ?

Colette aborda le sujet le plus délicat, non sans appréhension :

– Est-ce que tu voulais te faire du mal ?

– Non !

– Je suis rassurée. Il me reste juste à savoir si tout ce sang, c'était avant ou après ?

– Ben, ça fait deux jours, et j'avais plus de serviettes.

– Pourquoi n'as-tu pas appelé ? Une de tes camarades t'aurait dépanné.

– Je voulais pas qu'elles se doutent !

– Merci Aline, c'est très courageux ce que tu viens de dire. Maintenant on va faire la chasse aux microbes. Je te donne un produit désinfectant. Tu vas prendre une douche en insistant bien sur et dans les parties intimes. C'est très important pour éviter les infections. Tu as bien compris ?

– Oui, j'y vais.

Il fallait maintenant que Colette nettoie les toilettes de fond en comble. Bien sûr, il aurait été logique que se soit Aline qui le fasse, mais ce qu'il venait de se passer avait demandé tellement d'effort ; et le résultat était positif. Le reste n'avait pas d'importance.

A la sortie de la douche, Colette lui dit qu'elle avait noté un rendez-vous pour le lendemain matin avec Valérie l'infirmière. Elle insista pour qu'elle y aille. Aline savait qu'elle vérifierait.

Colette avait fait son travail d'éducatrice. Il était 2 heures du matin. Elle rentra chez elle fatiguée. Elle se coucha et dormit d'un sommeil sans rêves. Elle était de repos le lendemain. Elle a cependant pris la peine d'informer Valérie par téléphone des évènements de la veille. Sarah et Valérie accompagnèrent Aline à ce premier examen gynécologique qui s'avéra désastreux.

*

* *

Le viol collectif d'Aline avait profondément affecté Colette. Les autres aussi avaient des problèmes. Elle était de plus en plus consciente qu'elle ne pouvait pas être partout à la fois. Aline accaparait tout son temps. Que faire ? Elle était de plus en plus déprimée.

Au cours d'une soirée de travail, alors qu'elle était moins réceptive que d'habitude et sûrement très fatiguée, Colette s'isola quelques instants dans son bureau pour relire ses derniers écrits. Les jeunes vaquaient à des occupations diverses. Cette paix lui convenait parfaitement et reflétait l'ambiance du moment.

Alison eut la mauvaise idée d'aller demander à Aline de lui redonner une écharpe qu'elle lui avait prêtée. Colette n'aimait pas trop ces échanges de vêtements qui étaient souvent sources de conflits, mais comme elle avait été témoin du prêt, elle avait accepté. Elle le regretta amèrement. On entendit un énorme « Casse-toi salope ou je te butte !! » qui donna le ton du reste de la soirée. Alison qui était la douceur même arriva en pleurs dans le bureau :

– Aline veut pas me rendre mon écharpe. J'suis sûre qu'elle l'a perdue ! Tu peux venir m'aider s'te plait Colette !!!

Alison, petite et fluette, avait 17 ans. Evidemment, Aline en colère la terrorisait. Elle avait une voix tellement puissante que dans un autre contexte, elle aurait peut-être pu devenir cantatrice. Malheureusement, les vocalises du moment n'avaient rien de celles d'une Diva.

Colette entra dans la pièce. On se serrait cru dans une décharge publique. Comment avait-elle pu faire en si peu de temps ? La compréhensive éducatrice se laissait gagner par la Colette en colère :

– Tu vas me ranger ce foutoir tout de suite ou je mets tout à la poubelle. C'est compris ?????

– Ta gueule connasse !!!!, eut-elle pour toute réponse.

La coupe était pleine. Colette, d'un calme glacial, se dirigea vers la fenêtre et l'ouvrit. Elle ramassa une pile de linge sale sur le sol et s'approcha de la fenêtre avec le paquet à la main. Elles étaient au 1er étage, la nuit allait tomber d'ici une petite heure.

– TU RANGES OU JE JETTE !!!!

– Casse-toi salope !!! Je fais ce que je veux !!!!

Le premier tas de linge passa par la fenêtre, suivi aussitôt d'un deuxième. Colette fixait Aline. Le moment de stupeur passé, Aline se rua sur Colette et la gifla violement, tout en hurlant des insanités. Colette ne disait rien. Elle était blême. Son regard était plus déterminé que jamais. Elle saisit un autre paquet qui prit le même chemin que les autres. Aline agrippa les cheveux de Colette et tira de toutes ses forces, en disant : « Je vais te CREVER sale pute !!! » Colette attrapa également les cheveux d'Aline en la regardant froidement dans les yeux sans dire un mot.

La scène sembla durer une éternité, chacune tirant sur les cheveux de l'autre. Aline perdit pied la première. Des larmes coulaient sur ses joues. Elle relâcha les cheveux de Colette, qui maintenait toujours aussi fermement les siens : « Tu ranges ou je continue. Je te donne une demi-heure pas plus et je reviens. Tu as plutôt intérêt à retrouver l'écharpe d'Alison, et en bon état. » Elle referma la fenêtre, puis sortit en claquant la porte derrière elle.

Elle s'aperçut que les autres jeunes étaient très perturbés par ce qu'il venait de se passer. Colette se ressaisit, mais resta déterminée. Elle réunit les jeunes dans le salon, d'une part pour les rassurer et d'autre part pour leur expliquer son attitude :

– Voilà les enfants. Aline est allée trop loin ce soir. Je ne partirai pas du groupe avant que sa chambre ressemble à une chambre, que son lit soit fait avec des draps propres, qu'elle ait pris sa douche et qu'elle prenne son repas comme tout le monde dans une assiette.

– Tu vas y passer la nuit, Colette ! Et nous alors, tu ne t'occupes plus de nous ?

– Au contraire les enfants. C'est justement pour retrouver le temps de vous aider de nouveau que je ne dois pas céder ce soir ! Pour ça, j'ai besoin de votre aide. Vous sentez-vous capable de gérer le repas et les services habituels, tous seuls, sans vous disputer ? En plus, ce sera un bon test pour savoir si vous êtes prêts à passer sur le groupe des grands. J'autorise la télé et les jeux vidéo jusqu'à 22 heures 30. Si Aline fait trop de bruit, fermez les portes.

– D'accord ; mais si elle te fait du mal ?

– Rassurez-vous. Elle fera sûrement du bruit, mais je dois rester avec elle jusqu'au bout, si on veut que la vie du groupe redevienne agréable.

– On est capable de se débrouiller, t'inquiète pas ! Mais on a peur pour toi !

– Bon, alors si je suis en difficulté, je crierai « Alex », et Alison devra lui téléphoner.

– Comme ça, d'accord, on veut bien !

– Merci les enfants. Vous êtes très courageux. Maintenant tout le monde au travail !!!!

Leur bonne volonté était sincère. Cependant, Colette les savaient eux aussi fragiles. Elle retourna dans la chambre d'Aline qui boudait de rage, allongée sur son matelas taché et sans draps. Elle était descendue récupérer le linge que Colette avait jeté par la fenêtre. Colette s'adressa à Aline : « Que les choses soient bien claires. Tu n'auras le droit de manger que lorsque tout sera propre dans cette chambre, y compris toi !!! Je ne partirai pas avant. »

Aline somnolait sur son matelas. Colette le souleva et fit glisser Aline sur le sol : « T'as pas le droit. J'te f'rai virer. T'es qu'une ordure ! »

Avant qu'Aline ait eu le temps de remonter sur le matelas, Colette s'en était emparée. Elle ouvrit de nouveau la fenêtre. Sans sommation, elle le jeta du premier étage. La nuit était tombée. Aline médusée ne savait plus que faire. Elle s'effondra en pleurs en gémissant.

Imperturbable Colette reprit : « Ce sera comme ça toute la nuit s'il le faut, mais je ne cèderais pas. J'ai tout mon temps. Tu m'as suffisamment énervée pour que je reste éveillée la nuit entière. C'est ta dernière chance avec moi. Depuis le début, je suis la seule à te soutenir ; mais si tu ne m'obéis pas tout de suite, demain matin c'est l'hôpital psychiatrique à la première heure.

Colette s'installa dans une chaise et attendit bras croisés. Elle était en train de vivre une rude épreuve. Elle n'avait plus le choix. Elle devait aller jusqu'au bout, sinon rien n'aurait plus de sens. Aline se résigna. Elle descendit chercher son matelas et commença le rangement. Sans un mot, Colette lui fournit des sacs poubelles et des sacs à linge sale. Elle lui imposa de faire le tri entre le propre et le sale, puis se fut le tour du balayage et du nettoyage du sol. Colette dut aider Aline à faire son lit, elle n'en était pas capable. Le plus important était qu'elle participe, et surtout qu'elle aille jusqu'au bout de ce qu'elle avait entrepris. Vers 3 heures du matin, la chambre avait retrouvé un aspect quasi normal. Pendant qu'Aline prenait une douche bienfaitrice, Colette peaufina un peu le rangement et n'oublia pas d'installer Doudou sur l'oreiller.

Cette nuit avait été aussi éprouvante pour l'une que pour l'autre. Aline portait un pyjama propre et se laissa coiffer pour la nuit, puis elle dit : « J'ai faim ! »

Dans la cuisine, Colette prépara deux grands bols de lait chaud avec du miel et du pain d'épices. Elles étaient face à face. Le liquide chaud et sucré qui coulait dans leur gorge apaisa les tensions.

– Colette, j'ai cru que tu ne m'aimais plus !

– Et maintenant ?

– Je sais pas Colette. J'ai pas compris pourquoi t'as été méchante.

– C'est dommage. J'aurais préféré que tu comprennes toute seule, mais je vais t'expliquer. La vie ne t'a pas fait de cadeaux. Ce n'est pas juste, c'est vrai ! Tu es une jeune fille qui a de nombreuses qualités, mais tu es aussi très fragile. Je sais que tu n'aimes pas qu'on dise ça. Etre fragile, ce n'est pas un défaut. Moi aussi je suis fragile, et j'apprends à vivre avec. Hier soir, ce n'est pas une jeune fille que j'ai vue, mais un animal blessé, survivant dans sa crasse et prêt à mordre tous ceux qui voulaient s'approcher de sa tanière. Je suis juste allée chercher la jeune fille qui se faisait dévorer par cet affreux animal. Une jeune fille vit dans une belle chambre, pas dans une tanière toute sale. Tu comprends ?

– Un peu. Alors, si tu es venue me chercher, c'est que tu m'aimes un peu ?

– Bien sûr. Il faut que tu comprennes que tous tes camarades ont aussi une vie difficile. Ils ont TOUS besoin de moi pour les aider à sortir de leur tanière. Alors comme je te l'ai déjà dit, c'est la dernière fois que je viens te récupérer. La suite ne dépend que de toi. Maintenant, au lit, la nuit va être courte, et Suzette n'aime pas qu'on arrive en retard.

Colette lui souhaita bonne nuit. Aline serra son doudou très fort.

Sur le chemin qui la ramenait chez elle, Colette se demandait si tout cela avait encore du sens. Malgré son trop plein de malheur, Aline pouvait-elle encore avoir accès au bonheur ? Elle aurait voulu ne plus penser. Elle souhaitait que sa tête se vide. Après une bonne douche bien chaude, elle se coucha sans trouver le sommeil. Rémi allait se lever dans 2 heures. Il serait en colère, et elle n'aurait ni le temps ni la force de lui expliquer.

Elle se réveilla vers 9 heures. Elle appela Sarah pour savoir comment était Aline ce matin.

– Aline ? On est enfin débarrassée d'elle ! Les jeunes m'ont raconté. Je suis allée lui demander si elle était contente du « bordel » qu'elle avait mis hier. Bien sûr, on a eu droit à la grosse crise, mais je n'ai pas fait de sentiments. Les pompiers l'ont emmené direct à l'hôpital. On va peut être enfin avoir la paix ? Désolée pour toi, tout ce boulot pour rien !!

Colette avait la nausée. Son cœur était comme une grosse éponge qui a besoin d'être essorée. Ou allait-elle enfouir ces horreurs qui la meurtrissaient un peu plus chaque jour ? Tous les tiroirs de son cerveau étaient pleins. Ils débordaient. Ça n'en finissait pas de déborder.

Elle demanda un rendez-vous en urgence avec son psy, qu'elle obtint dans la journée. En la voyant, il comprit tout de suite. Avant qu'elle ne lui raconte quoi que ce soit, il avait déjà rempli et signé son arrêt de travail pour six mois, renouvelables. Elle suivit une psychothérapie. Elle se vit imposer un arrêt pour maladie pendant trois ans. A l'issue de cette période et de sa propre initiative, Colette alla négocier son licenciement. Elle ne devait jamais regretter cette démarche.

*

* *

C'est curieux comme une émotion peut en cacher une autre. Il a fallu que Colette se retrouve aux urgences, fragilisée par la peur et la douleur pour se retrouver submergée par des événements de sa vie qu'elle croyait avoir réglés depuis longtemps.

Elle était donc dans un fauteuil roulant, dans cette petite salle des urgences, vêtue simplement d'un pyjama et d'un châle sur ses épaules. La douleur était de plus en plus forte. La position assise était un supplice. La panique la gagnait. Elle voyait Rémi blêmir d'inquiétude. Elle ne devait pas avoir plus de couleur que lui. Elle pleurait tout en gémissant. Elle tenta de se calmer en contrôlant sa respiration.

Rémi n'avait pour tout siège qu'un petit tabouret inconfortable, mais c'était déjà mieux que rien. Les secondes paraissaient des heures. Derrière le rideau fermé, il régnait une telle agitation qu'elle était sûre qu'on l'avait oublié.

Au bout d'un temps qu'elle ne saurait définir, une infirmière vint lui installer une perfusion. Rémi, toujours très prudent, voulait savoir quel produit on allait lui injecter. L'infirmière lui dit que la morphine allait rapidement la soulager, et qu'un médecin n'allait pas tarder à venir.

Effectivement, le liquide qui traversait son corps détendit ses muscles et la plongea dans une semi-conscience. Ses défenses étaient anéanties, mais la douleur de sa hanche restait toujours aussi vive. Ce fut le début de sa cure d'intoxication.

Lorsque le médecin urgentiste lui demanda d'expliquer la situation, Colette avait du mal à rassembler ses idées. Elle était incapable de lui dire le nom du rhumatologue qu'elle avait consulté un an avant et qui n'avait rien vu d'anormal. Elle devait le revoir en cas de récidive. Eh bien voilà, on y était, mais en plein milieu de la nuit. Il est rare qu'un médecin vous propose un rendez vous à 2 heures du matin ? On lui fit passer une radio des poumons – elle n'a jamais su pourquoi – puis une radio de la hanche. Elle était toujours dans son fauteuil. La douleur était toujours aussi vive. Elle aurait pu hurler, si elle en avait eu la force. La radiologue lui dit :

– Levez vous et restez bien droite collée contre la plaque !

– Je ne peux pas me lever, j'ai trop mal !

– Faites un effort, sinon je ne peux rien faire !

– Je vous dis que j'ai mal. En plus j'ai une perfusion !

Colette sentait qu'elle agaçait fortement la radiologue. Cette dernière s'approcha de Colette, la souleva sans ménagement et la colla contre la plaque. Colette hurla en posant le pied par terre. Elle allait s'écrouler quand la radiologue appela quelqu'un pour venir l'aider.

Une infirmière est arrivée. Elle s'est précipitée vers Colette pour la soutenir. Elle lui souriait et parlait gentiment. Chaque fois qu'elle devait la changer de position, elle la manipulait avec précaution en s'inquiétant de sa douleur. Colette remarqua que sur sa tenue il était inscrit : « Etudiante en soin infirmier ». Elle avait envie de lui dire : quand vous serez devenue une technicienne bien rodée, n'oubliez jamais que vous avez choisi ce métier pour avoir un contact humain avec d'autres êtres humains.

Cette jeune étudiante inexpérimentée lui avait fait plus de bien par sa gentillesse et sa douceur que toutes les personnes qu'elle avait rencontrées depuis son arrivée aux urgences. L'infirmière ramena Colette dans son boxe, où Rémi trouvait le temps interminablement long.

La douleur était toujours aussi violente et insupportable. Quelques minutes plus tard, une doctoresse et un interne vinrent les voir. Enfin, ils allaient la soulager ! La femme lui demanda d'évaluer sa douleur sur une échelle de 1 à 10. Sans hésiter, elle lui a dit 10.

– Bon, nous allons augmenter la dose de morphine. La douleur va disparaître. Rassurez-vous !

– Dites moi ce que j'ai Docteur, je n'en peux plus de souffrir !

– Nous ferons le point dès que nous aurons vos radios !

La morphine suivait le même chemin que précédemment, en prenant bien soin d'éviter la zone douloureuse. Colette était de plus en plus molle. Rémi avait du mal à comprendre. Les larmes coulaient sur les joues de Colette sans qu'elle ait la force de les essuyer. Elle n'avait plus aucun contrôle sur elle. Cette sensation loin d'être agréable la terrifiait.

Le médecin, qui tenait les radios à la main, s'approcha d'eux avec un air grave. Sur un ton solennel, il leur annonça que ce qu'il avait vu sur la radio ne lui plaisait pas du tout. Comme Colette ne réagissait pas, Rémi demanda :

– Que voulez-vous dire par là Docteur ?

– Nous avons toutes les raisons de penser – on sentait qu'il cherchait ses mots pour s'exprimer – que votre épouse a un myélome à la tête du fémur droit. Nous allons la garder pour une série d'examens. Nous programmons tout de suite une scintigraphie osseuse. Le délai d'attente risque malheureusement d'être assez long. En attendant qu'une place se libère en rhumatologie, nous allons l'installer provisoirement dans le service de diabétologie.

L'annonce d'un cancer des os ne lui fit aucun effet. La morphine avait anéantie toutes sortes d'émotions. C'était tellement hallucinant, qu'en si peu de temps ils aient pu déceler une maladie aussi grave. Même Rémi avait du mal à réagir.

Il devait être environ 6 heures du matin quand on l'installa dans une chambre. Dans sa léthargie, elle dit à Rémi de rentrer à la maison. Il était épuisé. Il accepta d'aller se reposer.

Avec beaucoup de précaution, les infirmières et les aides soignantes prirent soin de Colette. Avec une nouvelle dose de morphine, elle réussit à somnoler malgré la douleur. Elle n'osait pas bouger même d'un dixième de millimètre. Elle ne pensait plus. La seule chose qui lui rappelait qu'elle était vivante, c'était cette horrible douleur.

Pendant les quatre premiers jours, elle n'a vu aucun médecin. Les infirmières continuaient à lui injecter de la morphine régulièrement. Le résultat était toujours le même. Elle était dans le cirage, et elle avait mal. Malgré ses demandes répétées pour être vue par un spécialiste, on lui disait d'être patiente.

Son moral était au plus bas. Rémi commençait à s'impatienter. Il ne supportait plus de la voir souffrir. Il se sentait impuissant. Il avait apporté ses anciennes radios que personne ne jugeait utile de regarder.

Si aucun médecin n'était passé dans la journée, Rémi ferait un scandale.

L'infirmière qui la fournissait en morphine commençait elle aussi à s'inquiéter. Colette, elle, en avait déduit qu'elle était perdue. Elle attendait la fin presque sereinement. Elle n'avait plus envie de lutter puisque rien ne la soulageait. Elle n'avait toujours pas changé de position, sauf quand elle demandait de l'aide pour uriner. Elle se retenait un maximum, car chaque manipulation était une torture.

Au bout du 5e jour, alors que l'infirmière lui injectait sa drogue quotidienne, elles entendirent une grosse voix dans le couloir. Elle lui dit : « C'est le médecin. Je vais lui dire que vous êtes là ! » Colette l'entendit courir pour essayer de le rattraper. Quelques minutes plus tard, elle vit entrer dans sa chambre une armada de blouses blanches. Etait-elle déjà au paradis ou la morphine lui donnait-elle des hallucinations ? Ni l'un, ni l'autre. Elle avait devant elle un vrai médecin, avec son troupeau d'internes. Il retira les draps qui la protégeaient et se mit à manipuler sa hanche dans tous les sens. Tout l'hôpital a dû se demander qui hurlait si fort !

Le docteur « je ne sais pas qui », puisqu'il ne s'était pas présenté, osa demander : « Est-ce que vous êtes douloureuse ? » Comme elle venait d'avoir sa dose euphorisante, elle a cru que Saint Pierre se fichait royalement de sa figure ! Non, c'était bien le docteur « machin » qui venait de parler. Il lui paraissait évident qu'elle souffrait, mais elle hocha quand même la tête en pleurant pour lui faire comprendre qu'elle avait atrocement mal.

« Où sont les radios de madame ? » Les internes se regardèrent d'un air perplexe. D'un doigt,

Colette montra le radiateur sur lequel ses radios trônaient depuis son arrivée. Personne jusque-là ne s'était donné la peine de les regarder. Le diagnostic du « myélome » posé aux urgences semblait leur suffire. Le visage du docteur « trucmuche » perdait son sourire en examinant les clichés. Sur un ton à faire vibrer les murs, il leur dit :

– Il ne faut vraiment pas être doué pour confondre un « myélome » avec une « géode ». Je ne vous félicite pas les gars ! Que lui donnez-vous pour la douleur ?

– De la morphine !

– C'est tout ?

– Oui !

– Vous n'avez pas remarqué que ça ne la calmait pas ?

– Si, mais on ne savait pas… !

– Emmenez-là tout de suite dans mon service, ordonna le docteur « machin bidule ». Qu'on lui fasse immédiatement une injection de tel et tel produits.

En moins de temps qu'il n'en faut pour le dire, Colette se retrouva enfin dans un service adapté. Avec beaucoup de gentillesse, les infirmières se sont occupées d'elle. Elles refirent sa perfusion qui ne tenait plus. Au bout d'une demi-heure, la douleur s'atténua jusqu'à disparaître totalement. Elle n'en revenait pas. Son corps se détendait. Elle éprouvait un bien-être immense. Elle était tombée sur « Le docteur House », célèbre héros d'une série télévisée bien connue, un toubib tout en « gueule », mais qui fait des miracles. Elle le surnomme d'ailleurs ainsi, mais parfois c'est loin d'être flatteur.

Quand il revint la voir, il était lui-même stupéfait que l'anti-inflammatoire fasse aussi rapidement de l'effet. Colette lui raconta son périple depuis le début. Il l'assura qu'elle n'avait rien de grave. Sa vie n'était pas en danger. Il était toutefois difficile de poser un diagnostic. Une série d'examens était nécessaire. Elle avait confiance. La nuit qui suivit, elle dormit d'un sommeil de plomb. Rémi commençait lui aussi à se détendre.

Au fil des jours, le « docteur House » comprenait de moins en moins son cas. Allongée, elle ne souffrait pas ; mais à chaque pas, des pointes s'enfonçaient dans sa hanche. Colette commençait à réviser son jugement sur ses compétences.

Un matin, il entra dans sa chambre, sans dire bonjour comme à son habitude. Il tirait derrière lui ce qu'elle prit pour un gros ordinateur monté sur une table roulante. L'engin n'avait pas l'air de toute première jeunesse. Il lui demanda si elle n'avait pas vu l'interne qui le suivait partout. L'engin en question était un vieil appareil à échographie. Il lui dit :

– J'attends Stéphane pour lui expliquer comment cet appareil fonctionne. En même temps, on explorera votre hanche droite, car je voudrais comprendre ce qui se passe là dedans.

– Pas de problème, au contraire. Je serais contente de découvrir enfin ce que j'ai. Au fait docteur, vous avez une date pour ma scintigraphie ?

– Non, mais il y aura peut-être une place vendredi !

Stéphane était introuvable. Le toubib commença à installer son matériel. Colette était allongée sur le côté gauche. Il s'assit sur son lit, juste sur le tuyau de sa perfusion. Elle poussa un cri en croyant qu'elle allait s'arracher. Il se déplaça légèrement en disant : « Oh, zut ! ».

Il lui appliqua le gel habituel, en précisant que ça coutait très cher. A le voir faire, elle comprit qu'il y avait des lustres qu'il n'avait pas dû faire d'échographie. Le précieux gel se répandit sur les draps. Il essaya d'en récupérer avec du papier, mais c'était pire qu'avant. Colette n'osait ni bouger ni parler parce que le « docteur House » avait les nerfs à vif. Pour terminer son installation, il s'appuya carrément sur elle. Elle avait les muscles en hyper tension, pour ne pas s'écrouler sur le dos avec le médecin qui semblait par contre très à l'aise.

L'examen commença. Il lui expliqua ce qu'elle était sensée voir. Malheureusement, entre l'écran et elle, il y avait lui. Il était lourd. Elle n'osait ni bouger ni respirer. Lui ne se rendait compte de rien. Elle avait vraiment le sentiment de n'être qu'un bout de viande et d'os avec lequel il s'amusait. Le « docteur House » était contrarié. L'examen n'avait rien donné. En plus, il avait gaspillé du gel. Il partit sans un mot en la laissant avec tout son matériel.

Colette attendit un moment, puis elle appela une infirmière. Cette dernière demanda ce que c'était que tout ce bazar. Quand Colette lui eut expliqué, elle n'était même pas surprise. A son tour, Stéphane fit une entrée théâtrale. Il était essoufflé et cherchait son mentor. Anxieux, il ressortit aussi vite qu'il était rentré. Colette se demandait si elle n'était pas tombée dans un asile de fou.

Le lendemain, quatre internes vinrent lui annoncer qu'elle souffrait d'une chondromatose microcristalline. En gros, elle fabriquait des petits bouts de fer qui se coinçaient dans l'articulation. Pendant les jours qui suivirent, les diagnostics varièrent. Elle demanda à nouveau des nouvelles de sa scintigraphie à une infirmière, qui alla de suite se renseigner. Comme elle souffrait un peu moins, et qu'elle avait passé 10 jours au lit, elle fit quelques pas dans le couloir en rasant les murs. Et là, elle resta figée. A l'autre bout du couloir, elle entendait crier : « ON ARRETE TOUT. J'AI ANNULE LA SCINTIGRAPHIE DE LA DAME DU 25. ON NE VA PAS DEPENSER UNE FORTUNE POUR QUELQU'UN QUI EST EN BONNE SANTE ! »

Colette n'avait jamais été aussi humiliée. Personne ne comprenait vraiment ce qu'il se passait. Elle regagna honteusement la chambre 25. Elle pleura toute la journée allongée sur son lit.

En début de soirée, elle eu la visite de sa sœur et de sa belle fille. Elles étaient présentes quand ce petit « con » de Stéphane est venu redire ce que tout l'étage savait déjà. Colette était en larmes. Tout ce qu'il trouva à lui dire fut : « On a réussi à calmer votre douleur alors de quoi vous plaignez vous ? » Rémi arriva à ce moment-là. Les décibels sont montés d'un cran quand Colette lui a relaté les paroles du « docteur House ». Le bruit a alerté ce dernier, qui est entré tel un proviseur dans une classe dissipée. Il les pointa du doigt en leur disant : « VOUS ET VOUS, dans mon bureau, tout de suite ! »

Si elle n'avait pas eu de visite ce jour-là, personne ne les aurait crus. Elle marchait devant en boitant malgré sa béquille. Derrière elle, suivaient Rémi et le médecin. On aurait dit deux gamins qui se chamaillaient dans une cours d'école. Excédée elle s'est retournée pour leur dire : « Taisez-vous, c'est moi qui suis malade. On en discutera dans votre bureau. J'en ai marre que vous vous donniez en spectacle ! »

Il fallait vraiment qu'elle soit à bout pour oser parler ainsi à un médecin. Ils n'ont plus dit un mot avant qu'ils soient assis dans le bureau, porte fermée. Colette était la première surprise. Ils se sont calmés.

Le docteur aurait pu s'excuser pour ses débordements du matin ; mais non, il s'était refait une perfusion de supériorité. Le regard de Rémi était suffisamment révélateur pour qu'il comprenne que son air suffisant ne l'impressionnait pas. Il a alors suggéré de faire passer un arthroscanner puis une IRM à Colette. L'occasion était trop belle. Elle lui a ironiquement demandé : « Pourquoi, ce n'est pas trop cher ? » Il a fait celui qui n'avait rien entendu.

Colette eu ses rendez-vous pour le lendemain. Le radiologue qui s'occupa d'elle avait l'air très professionnel. Il n'hésita pas à consacrer une heure de son temps pour étudier toutes les radios et autres examens qu'elle avait passés depuis un an, mais Colette ne le savait pas. Elle attendait dans la salle d'examen, persuadée que lui aussi se fichait d'elle. Au contraire, elle venait de rencontrer un vrai docteur qui sait écouter les gens et qui s'intéresse vraiment à ses patients. Il lui dit : « Je crois savoir ce qui vous fait tant souffrir. Vous avez une maladie rare, mais elle ne met pas votre vie en danger. Cependant, la médecine n'est pas actuellement en mesure de vous guérir. Il s'agit d'une synovite villonodulaire. La membrane synoviale s'épaissit et transporte des villosités et des nodules qui rendent votre hanche douloureuse et inflammatoire. Il existe des possibilités de vous soulager, mais qui ne sont pas garanties dans le temps. Nous allons quand même pratiquer les examens prévus qui serviront à confirmer le diagnostic. »

Colette passa donc les examens prévus. Le radiologue avait raison. Il ajouta que c'était son organisme qui fabriquait en permanence cette synovie malade. Il lui conseilla de se rendre dans un centre spécialisé. Aucun chirurgien ici n'était formé pour ce genre de maladie. C'était dur à avaler, mais au moins elle était fixée. Elle monta aussitôt voir le « docteur House ». Elle lui relata sa visite chez le radiologue, en insistant sur le fait que son confrère avait pris le temps nécessaire pour étudier son cas.

Cette remarque fit mouche tout de suite. Ce docteur un peu trop sur de lui n'a pas voulu perdre la face. Il consulta un confrère et l'orienta vers un centre spécialisé. Il prit lui-même le rendez-vous. Il lui rappela qu'elle était un cas rare, comme pour se justifier.

Colette ne reverra jamais ce médecin. Elle ne lui reprochait pas d'être passé à côté du bon diagnostic. C'était humain. Il était toutefois trop facile d'abuser de son pouvoir. Par sentiment d'échec face à une maladie qu'il ne reconnaissait pas, il n'avait pas le droit de l'ignorer et de l'humilier. Quand on ne peut plus sortir du jeu du pouvoir, pour éviter de se remettre en question, on n'est plus capable d'écouter les autres. Elle lui reprochait cette lâcheté et cette solution de facilité. Il se serait simplement excusé, il aurait gardé toute sa sympathie et son respect. Quand elle le quitta, il n'existait déjà plus pour elle.

Un nouveau combat l'attendait. Elle était partagée entre deux sentiments : la peur de l'inconnu et l'espoir de ne plus souffrir. Depuis un an, elle lutte contre cette maladie que personne ne comprend. L'intensité de la douleur anéantit toute son énergie. Elle a cependant la chance d'être entourée par un mari qui l'aime et qui l'aide à supporter l'insupportable ; et bien souvent l'insupportable, c'est elle ! Colette est soutenue par ceux qu'elle aime. La grand-mère qu'elle est devenue va faire tout son possible pour que son petit-fils soit fier d'elle.

En neuf mois, elle a subi trois interventions chirurgicales pour détruire cette membrane synoviale malfaisante et vicieuse. Les deux premières ont échouées. La troisième, la plus lourde, date d'il y a deux mois. Depuis sa sortie de l'hôpital, elle est en clinique de convalescence. Elle n'en sortira que lorsqu'elle pourra marcher.

C'est un endroit spécial où vivent des gens très différents, mais qui ont tous un point commun : la souffrance. Pour la plupart, se sont des personnes âgées, voir très âgées. Colette, qui est entre deux âges, se sent bien parmi ces papis et mamies qui sont pour certains très handicapés.

Voilà dix semaines que Colette est en fauteuil roulant. Au début, elle travaillait individuellement avec la kiné. Par un concours de circonstances, elle a eu l'opportunité d'assister à une séance collective réservée aux personnes en fauteuils. Elle pensa : vu de l'extérieur, nous devons avoir l'air pitoyable. Pour nous, ce sont des moments de rires et de joie que je n'aurais jamais pu imaginer. J'irais même jusqu'à dire des moments de bonheur. Colette est la plus jeune du groupe. Le doyen a 96 ans. Sans leur manquer de respect, elle avait l'impression d'être avec des ados frondeurs plein d'humour. Les temps qu'elle passe avec eux sont de réels moments de plaisir. Elle sent sur elle leur regard protecteur qui lui réchauffe le cœur. Ils se protègent mutuellement, discrètement et respectueusement.

Pour la première fois, elle a eu l'autorisation de prendre appui sur sa jambe opérée. Ces premiers pas l'ont tellement émue qu'elle avait la sensation de renaître. A l'heure du repas, elle s'est armée de courage. Elle a quitté son fauteuil roulant. Elle a pris ses béquilles, et elle a arpenté le long couloir qui mène au réfectoire. Quand elle entra debout sur ses deux jambes, spontanément toute la salle a applaudi. Quelqu'un a dit : « C'est bien, fifille, tu fais des progrès ». Elle était comme dans un rêve. Colette n'a même pas cherché à refouler son émotion. C'était trop intense. Les larmes de nouveau coulaient sur ses joues, chaudes et apaisantes. Ce moment restera gravé à tout jamais dans sa mémoire et dans son cœur.

Parmi toutes ces personnes, beaucoup ne marcheront plus jamais et tous se réjouissaient sincèrement pour elle. Pour la première fois de sa vie, des inconnus lui ont fait savoir qu'ils comprenaient à quel point ce moment était important pour elle.

Elle avait enfin une réponse à ses questions. Oui, les hommes sont capables d'avoir des échanges authentiques. Il existe un langage universel qui dénoue tous les problèmes. C'est le langage des émotions.

Nous sommes tous capables de voir, d'écouter, de comprendre et d'aimer gratuitement. Il faut simplement le vouloir, vraiment.

Marie BREILLAT
Novembre/Décembre 2009

Note de l'auteur

Tous les personnages et toutes les situations que je décris dans ce livre sont réels. Par souci de confidentialité, et par respect pour les personnes concernées, tous les prénoms et les lieux sont totalement inventés. Les situations sont légèrement remaniées.

Je remercie toutes les personnes qui m'ont encouragée dans la rédaction de ce récit, principalement ma famille qui m'a toujours soutenue durant cette longue période difficile à vivre. Je remercie particulièrement Françoise Maréchal qui m'a énormément aidée pour la finalisation de ce livre.

Je remercie également le personnel et les résidents de la maison de convalescence qui furent pour certains mes premiers lecteurs.

Je remercie le radiologue qui a pris le temps d'étudier mon cas et de faire le bon diagnostic, ainsi que les médecins qui m'ont opéré.

Enfin, je tiens à remercier tout particulièrement le Docteur Laurent Couturier qui a su m'écouter, me comprendre et me guider. Il m'a aidé à prendre les bonnes décisions dans des périodes où tout me paraissait insurmontable. Ce n'est pas fini…

N° d'impression : 189632

Bibliographie

Isabelle Filliosat *« L'intelligence du cœur »* Editions Jean-Claude Lattes, 1997.

Cet ouvrage a été composé par Edilivre
56, rue de Londres – 75008 Paris
www.edilivre.com

Tous nos livres sont imprimés
dans les règles environnementales les plus strictes

Imprimé en France, 2010
Dépôt légal : Août 2010